L'enfant Gâté de la République

YAO ANDY ALLAN ETRANNY

TABLE DES MATIÈRES

REMERCIEMENTS

Mes remerciements vont tout d'abord à l'endroit des membres de ma famille dont mes aînés Régis et Alvinn ainsi qu'à mon père et ma mère, qui ont toujours été des soutiens indéfectibles.
À vous, Ange, Dioufson, Douglas, Linda, Lizzy, Stecy, Yérim, je vous dis infiniment merci pour la force que vous me donnez quotidiennement et pour votre participation à la réalisation de cette œuvre.
À toi Mary-Ann, l'insubmersible, je te dis un grand merci. Merci pour tout, merci pour ta patience, ta clairvoyance, ton objectivité ainsi que ton inestimable soutien.
Dans un monde qui tend à constamment nous perdre, vous constituez pour moi la boussole me permettant de toujours rester sur ma voie, sur le chemin de ma destinée. Puisse DIEU vous rendre au centuple tout le bien que vous m'apportez.

1

LE CALME AVANT LA TEMPÊTE

Les années lycée sont de loin les plus mémorables pour la plupart des Hommes. On y vit nos premières situations marquantes, nos premiers amours, nos premiers actes de rébellion à l'autorité parentale, et souvent nos premières grandes déceptions. Pierre n'a pas dérogé à cette règle, même si ses années lycée ont été on ne peut plus palpitantes que la moyenne.

Tout commence en septembre 2015 lorsqu'il quitte la sous-préfecture de OUELLÉ située au nord de DAOUKRO, son village natal qui l'a vu grandir, pour la grande capitale chaude et mouvementée d'ABIDJAN. Il y fait son entrée dans un prestigieux lycée privé en classe de seconde. C'était un tout nouveau monde pour lui, et il était probable que ce changement d'environnement ait un impact important sur sa personne, à la fois en termes de comportement et de réussite scolaire.

Jusqu'alors, Pierre a toujours été un brillant élève qui faisait la fierté de sa localité. Scientifique dans l'âme, Il terrassait tous ses adversaires lors des concours régionaux de mathématiques et de physique chimie. Les élèves qui se retrouvaient en face de lui lors de ces concours avaient tous la gorge nouée. Ils devaient défendre l'honneur de leur région mais c'était une tâche qui s'avérait compliquée lorsqu'on avait un adversaire comme Pierre. Il était un loup parmi les moutons, ne faisant qu'une bouchée de ses concurrents en des temps records, au point où certains d'entre eux hésitaient même à se présenter le jour des épreuves. Ils savaient de quoi Pierre était capable, et ne voulaient pas faire partie de ses victimes.

Au brevet d'études du premier cycle (en abrégé BEPC) de l'année scolaire 2014-2015, Pierre décrocha sans grande surprise une bourse d'étude pour rejoindre ses parents et poursuivre son cursus scolaire dans la capitale économique, du fait des notes incroyables qu'il avait obtenues. Le premier jour de classe était pour Pierre une épreuve assez déroutante. Plus qu'un nouveau, il avait l'impression d'être un étranger dans cette salle de classe. Il était muni de son cartable comprenant tous ses cahiers et livres qu'il trimbalait difficilement tandis que ses camarades de classe, ayant l'habitude des premières semaines assez légères et de l'enseignement moderne, ne possédaient que leur ordinateur portable ou leur téléphone cellulaire. En effet, Pierre était de la « vieille époque ». Il était toujours dans l'ancienne configuration mais ce qu'il ne savait pas, c'est que dans la capitale ivoirienne en général, et dans ce lycée privé en particulier, l'heure était au numérique. Ordinateurs portables, téléphones cellulaires, tablettes et montres connectées avaient remplacé la tonne de cahiers et de livres avec lesquels les élèves devaient se déplacer dans le temps. Désormais, tout était stocké sur le Cloud et les bases de données académiques. Pierre devait donc s'adapter à cette nouvelle façon de travailler car c'était d'ores et déjà la norme. En plus de cela, il développait peu à peu un complexe d'infériorité au regard de son apparence physique, ses vêtements et autres éléments matériels, qu'il estimait non à la hauteur de ceux de ses camarades de classe. Il se sentait démodé ou «soayé» comme on le dit dans le jargon ivoirien. Pour lui, il devait effectuer une mise à niveau afin de pouvoir être comme les autres, afin de pouvoir exister. Cependant, malgré ses efforts, il n'y arrivait pas. Devenir quelqu'un qu'il n'a jamais été paraissait tout aussi compliqué qu'assumer la personne qu'il est réellement. Après maintes réflexions, il redescendit sur terre et décida de se concentrer sur ce pourquoi il est arrivé là où il est, ses études. Les trois premiers trimestres de son aventure lycéenne ont été pour lui un jeu d'enfant. Malgré les débuts difficiles, il a très vite réussi à prendre ses marques et à réitérer les exploits. On l'avait surnommé «Ahmès», en mémoire du grand mathématicien kamit Ahmès (ihâmessou en langue africaine antique), car il dégustait les épreuves de cette discipline comme un plat de semoule de manioc accompagnée de thon qu'on appelle communément «garba». C'était lui monsieur mathématique, à tel point que le professeur interrogeait d'abord ses camarades de classe et c'est seulement quand personne n'arrivait à trouver les réponses à un problème posé qu'il faisait appel à Pierre, qui venait donner les réponses attendues. Toutefois, il n'était pas brillant qu'en mathématiques, même si c'est dans cette discipline qu'il excellait. Le jeune Pierre était aussi à l'aise dans les matières littéraires. Les commentaires composés en français et les dissertations en histoire-géographie ainsi qu'en philosophie lui servaient de dessert. En quelques mots, Pierre était un élève complet, l'élève que tout professeur voudrait avoir dans sa classe. Il était devenu célèbre dans toute l'école non pas par son apparence, mais par ses excellents résultats. Tout le monde voulait connaître le secret de Pierre, comment faisait-il pour être aussi brillant ? D'où vient-il ? De nombreuses questions que se posait tout un chacun. Les filles l'adoraient tandis que les garçons qui le taxaient de sorcier, le jalousaient. Il avait tous les projecteurs braqués sur lui. Toutes les filles voulaient se l'arracher, chacune d'elles voulait être avec Pierre. De raté démodé, il est passé à prince charmant juste en étant lui-même. On ne regardait plus ses vêtements ou accessoires, on regardait de quoi est-ce qu'il était capable avec un stylo, une feuille ainsi que sa calculatrice scientifique. Comme quoi, dans ce bas monde, il en faut peu pour passer de zéro à héros et encore moins pour passer de héros à zéro.

Durant ses premières vacances à ABIDJAN, c'est-à-dire après l'année scolaire 2015-2016, Pierre fait la rencontre d'une charmante jeune fille de son école appelée Marie-Hélène. Elle était courtisée par tous les garçons de son entourage et même par les plus âgés. Douce, calme, la tête sur les épaules et valeureuse, Marie-Hélène ne voulait pas de ces relations de jeunes dans lesquelles règnent l'inconscience et l'irresponsabilité. Elle se projetait déjà dans le futur, elle avait un avenir à construire et ne voulait pas d'un irréfléchi. Marie-Hélène avait observé Pierre durant toute sa première année au lycée. Elle avait remarqué chacune de ses caractéristiques. Sa façon de s'adresser aux autres, la profondeur de ses idées lors de ses prises de parole, comment il s'occupait, quels étaient ses centres d'intérêt. Elle savait tout de lui sans même l'avoir approché. Elle a étudié, telle une fine chasseuse, sa proie avant de passer à l'action.

Nous sommes en juin 2016 lorsque par le plus grand des hasards, Pierre et Marie-Hélène se rencontrent au cinéma. Pierre y était allé avec sa mère tandis que Marie-Hélène, s'y était rendue accompagnée par son cousin. Pierre n'était pas vraiment en accord avec le fait de voir ce film en particulier au cinéma, car il s'agissait d'un film d'amour et ce n'était pas sa tasse de thé. Cependant, sorti avec sa mère depuis le matin pour des courses dans la commune de Treichville, ils terminèrent leur escapade dans ce cinéma, sur injonction de sa mère qui ne voulait rater ce film sous aucun prétexte. Quant à elle, Marie-Hélène s'est retrouvée dans cette salle de cinéma poussée par l'ennui qui la rongeait depuis le début des vacances d'été. Jusqu'à la fin du film, ils ignoraient encore la présence de l'un et de l'autre dans cette salle. C'est seulement au moment de sortir qu'ils se sont aperçus. Marie-Hélène n'en revenait pas ! L'ayant vue, Pierre s'avança vers elle. Son cœur battait la chamade ; des palpitations tonitruantes la faisaient vaciller. Était-ce l'effet de surprise ? La peur ?

L'amour ? Tout à la fois ? Elle ne saurait le dire. Il arriva à son niveau et comme un don juan, avec une grande dose d'audace, il s'élança et lui fit un baiser sur la joue. C'était l'hécatombe ! Marie-Hélène n'était pas habituée à ce type de salutation. Elle se sentait gênée parce qu'elle ne savait pas comment réagir. Voyant cette faiblesse, Pierre essaya de la mettre en confiance en lui lançant un « comment vas-tu Marie-Hélène ? », et tout partit de là. Ils eurent une longue conversation, oubliant toutes les personnes qui étaient autour d'eux. La mère de Pierre, le cousin de Marie-Hélène, ainsi que les personnes qui étaient toujours présentes dans la salle avec eux n'existaient plus… Ils finirent par s'échanger les numéros de téléphone afin de rester en contact. Après cet épisode, ils ne se sont plus lâchés d'une semelle. Ils échangeaient des centaines de messages et d'appels par jour. Le courant passait entre eux, et tout semblait indiquer que c'était le début de quelque chose de grand.

Peu de temps après, ils planifièrent de se revoir mais cette fois-ci, sans d'autres personnes pour les encombrer. Ils décidèrent de partager un repas dans un restaurant Chinois nommé le Wasabi, dans la commune de Koumassi, plus précisément à quelques encablures du grand carrefour de Koumassi. Ils étaient tous deux adeptes de mets asiatiques. Ils raffolaient principalement de sushis et avaient entendu dire que ce restaurant faisait les meilleurs sushis de toute la capitale économique. C'était donc l'endroit idéal pour un premier rencard. Marie-Hélène commençait peu à peu à s'habituer aux salutations osées de Pierre. Baiser sur le front, la main, la joue ; il était dans son rôle de garçon élégant et elle de fille choyée. Les heures passèrent sans qu'ils ne s'en rendent compte. La nuit s'apprêtait à tomber, et Pierre devait impérativement rentrer. Ses parents, des fonctionnaires de l'État, étaient très regardants sur son assiduité et ne toléraient pas qu'il soit dehors au-delà d'une certaine heure. Il s'empressa donc d'arrêter un taxi pour rejoindre le plus vite possible la maison familiale. Marie-Hélène en fit de même, bien qu'elle fût restée sur sa faim.

Après ce premier rendez-vous, Pierre avait en tête de lui proposer qu'elle soit sa petite amie. Certes, cela ne faisait que quelques temps qu'ils se côtoyaient, mais il désirait déjà être dans une relation amoureuse avec elle, sentiment que Marie-Hélène aussi partageait. Il entreprit de l'inviter au cinéma, cette même salle de cinéma dans laquelle tout avait commencé. Marie-Hélène était tout excitée à l'idée de le revoir ; maiscette fois-ci, palpitations et angoisse avaient tous disparu. Le fait de le rencontrer n'était plus un facteur de stress pour elle, elle était désormais habituée à sa présence ainsi qu'à tout ce qui allait avec. C'était à Pierre de décider du choix du film et il avait choisi un film d'horreur. Vous n'êtes sans doute pas sans savoir que qui dit horreur dit scènes de panique, qui dit horreur dit nécessité de réconfort. Était-ce un plan de Pierre ? Était-ce une occasion pour lui de jouer encore au don juan ? Ce qui est sûr, c'est que durant l'intégralité du film, Marie-Hélène n'a cessé de s'accrocher au bras de son Pierre qui semblait être assez content de cette situation. Peu avant la fin du film, Pierre chuchota à l'oreille de Marie-Hélène cette question qu'elle attendait depuis un moment maintenant : « veux-tu être ma petite amie ? » ; et d'une tonalité aigüe, elle s'écria dans la salle « oui » ; un oui qui parlait de lui-même, un oui retentissant. Ce rendez-vous s'est soldé par un baiser mais cette fois-ci sur les lèvres. C'était une toute première pour ces deux tourtereaux qui avaient l'air d'avoir attendu toute leur vie pour enfin pouvoir être ensemble.

Septembre 2016 arriva, c'était le moment de reprendre les cours pour eux et cette fois-ci, en classe de première. Cette rentrée était tout à fait ordinaire pour Pierre. Qui l'eut cru ? Lui qui un an en arrière à la même période, voyait son quotidien drastiquement changer avec son arrivée dans la ville d'ABIDJAN.

Les deux tourtereaux avaient pris la décision de vivre une relation amoureuse assez discrète ; ils voulaient rester loin des projecteurs. Pour eux, relation discrète rimait inéluctablement avec relation parfaite. Ils ne voulaient pas gâcher l'opportunité qui s'offrait à eux de pouvoir cheminer ensemble dans la tranquillité jusqu'au mariage ; Eh oui ! Ils avaient déjà des plans d'avenir, ils se comprenaient mutuellement et étaient persuadés qu'ils étaient faits l'un pour l'autre. C'est donc dans cet élan de discrétion qu'ils débutèrent l'année scolaire 2016-2017. Ils traînaient très rarement ensemble à l'école pour ne pas éveiller les soupçons. Et même quand cela arrivait, ce n'étaient que des rencontres très rapides et assez brèves, pour dire à quel point ils mettaient tout en œuvre pour relever ce défi. Contrairement aux jours où ils sont à l'école, Pierre et Marie-Hélène se voient très fréquemment en dehors des cours. Habitués des parents de l'un et l'autre, ils ont une facilité à se rendre visite sans que l'autorité parentale ne se pose des questions sur la provenance du visiteur ; ce qui leur permettait de multiplier les rencontres les week-ends et jours fériés. Il faut dire que c'était une situation assez bénéfique pour ces deux lycéens, car ils auraient eu du mal à aligner les rendez-vous dans des espaces publics comme les restaurants et cinéma compte tenu du niveau de vie très élevé dans la capitale économique. Et même s'ils fréquentaient un établissement privé avec des frais de scolarité qui s'élèvent à plusieurs millions de francs CFA, ils n'étaient tout de même pas assez stables financièrement pour se permettre ce type d'activités de façon récurrente. Ils vivaient si on peut le dire ainsi d'amour et d'eau fraîche, un amour innocent, un amour qui fait croire en l'amour.

Un après-midi de décembre 2016, Esther, une fille qui venait d'arriver dans le quartier de Marie-Hélène et qui fréquentait elle aussi le même lycée, débarqua à l'improviste chez cette dernière. C'étaient les congés de noël et Esther qui se sentait seule et qui ne connaissait pas grand monde dans le quartier, jugea judicieux de rendre visite à Marie-Hélène. Cependant, Pierre était présent ce jour-là chez sa petite amie, et il faut rappeler que leur relation devait rester religieusement secrète. Esther sonna à la porte et les amoureux prirent l'initiative d'aller ensemble ouvrir. Marie-Hélène a toujours été prudente et jetait tout le temps un regard à travers l'œil-de-bœuf avant d'ouvrir la porte.

Mais cette fois-ci, comme si le destin avait tout orchestré, elle ouvra la porte sans même daigner prendre la peine de savoir qui se trouvait de l'autre côté. La surprise fut grande, Pierre et Marie-Hélène étaient totalement hébétés. Après de froides salutations, ils prirent la route de la terrasse et se mirent à discuter durant toute l'après-midi. Après cet entretien, Pierre et sa petite amie se sont rendu compte qu'Esther n'avait pas pensé un seul instant au fait qu'ils puissent être en couple. De ce fait, la situation était toujours sous contrôle, ils s'étaient fait un sang d'encre pour rien, le secret était toujours bien gardé. Pour Esther, Pierre et Marie-Hélène n'étaient que de simples amis qui passaient du temps ensemble. Et le fait qu'ils avaient des comportements tout à fait amicaux ne pouvaient laisser penser qu'ils entretenaient une relation amoureuse.

Esther devenait de plus en plus fréquente chez Marie-Hélène. Les deux adolescentes commençaient à développer une certaine affinité. En réalité, Marie-Hélène a toujours préféré la solitude. De ce fait, elle n'avait quasiment pas d'ami(e)s car elle ne laissait personne rentrer dans son monde. Elle se limitait juste aux amitiés qui duraient le temps de la journée d'école, et Pierre était la seule personne à qui elle avait accepté d'ouvrir sa galaxie. La situation qui se présente dès lors est assez inédite. Esther avait réitéré l'exploit de Pierre, et ils étaient tous deux les seuls habitants de la planète Marie-Hélène. Comme toutes les personnes assez renfermées, cette dernière avait de l'amour à donner, il fallait juste qu'elle soit dans les conditions favorables. Pierre vivait difficilement cette amitié qui risquait de mettre à mal la relation idyllique qu'il vivait avec sa Marie-Hélène. Pour lui, Esther ne montrait pas qui elle était réellement, elle jouait à un double jeu et allait finir par embarquer Marie-Hélène dans des profondeurs obscures. À l'inverse de Pierre qu'elle traitait de jaloux, Marie-Hélène ne pensait que du bien de son amie Esther. En effet, Pierre était réellement jaloux et se sentait en insécurité totale, comme c'est le cas dans bien de relations amoureuses lorsque certaines personnes sont assez proches de notre partenaire. Cependant, au-delà de cette jalousie, Pierre sentait réellement que quelque chose n'allait pas avec cette fille, il s'en méfiait à tout instant, même dans son sommeil, c'est dire à quel point son niveau de méfiance envers elle était élevé.

Quelques temps après, au début de l'année civile 2017, Esther et Marie-Hélène étaient devenues inséparables, elles passaient autant de temps chez l'une que chez l'autre et ce n'était pas du goût de Pierre. Dans sa pensée, l'obstacle c'était Esther et il ne fallait faire qu'une seule chose, en finir avec elle, la repousser le plus loin possible de lui et de sa petite amie afin qu'ils puissent retrouver la relation amoureuse intense qu'ils vivaient avant. Mais c'était mission impossible, Marie-Hélène s'était déjà trop investie dans cette relation amicale et la séparer d'Esther lui aurait fait plus de mal que de bien ; en outre, il craignait que la situation se retourne contre lui et que leur relation prenne un coup. Il décida alors de parler de son ressenti à Marie-Hélène qui le rassura et lui fit comprendre qu'elle devait aussi avoir une vie en dehors de leur relation. Elle ajouta que c'était tout à fait légitime, et lui promit que tout rentrerait dans l'ordre. Pierre commença dès lors à se faire à l'idée qu'il devrait composer avec Esther. Désormais il ne s'agissait plus du duo Pierre et Marie-Hélène mais du trio Esther, Marie-Hélène et Pierre.

Jusque-là, leur secret était toujours gardé. Esther ne savait toujours pas que ses désormais deux nouveaux amis entretenaient une relation amoureuse. Toutefois, elle remarquait qu'ils se voyaient un peu trop fréquemment en dehors des heures d'école. Cependant, une fois dans l'enceinte du lycée, ils se voyaient à peine. Intriguée, elle approcha Marie-Hélène un jeudi durant la pause de midi et lui demanda pourquoi elle et Pierre s'évitaient presque lors des cours mais étaient inséparables le reste du temps. Elle lui répondit que c'était leur manière d'être et qu'il n'y avait rien de mal à cela. Marie-Hélène n'avait pas la conscience tranquille, elle avait menti à celle qu'elle considérait presque comme sa meilleure amie. Elle se disait qu'à sa place, Esther lui aurait tout dit et que si ce n'était pas le cas, elle allait considérer cet acte comme de la déloyauté. C'est pour cette raison qu'un jour en sortant des cours, elle prit son courage à deux mains et sans l'avis de Pierre, avoua à Esther qu'ils vivaient une relation amoureuse depuis les vacances d'été de 2016, un an presque. Elle lui demanda ensuite de garder le silence, car c'était un secret qu'elle et lui gardaient précieusement.

L'acte que vient de poser Marie-Hélène est certes noble d'un côté, mais aura de très grandes conséquences sur la suite des évènements. Esther allait-elle garder le secret ? Comment Pierre réagira à l'annonce de cette nouvelle ? Tant d'interrogations qui j'espère, trouveront des réponses dans la suite de notre histoire.

2

LE DÉBUT DE LA FIN

« DIRE LE SECRET D'AUTRUI EST UNE TRAHISON, DIRE LE SIEN EST UNE SOTTISE. »
VOLTAIRE.

D'aucuns disent que l'amitié est semblable à une vie amoureuse désintéressée, où l'on se sentirait plus libre tout en ayant la même confiance et la même fidélité que nous procure la relation amoureuse. Cependant, il ne faut pas oublier que ce n'est pas parce que la vodka et l'eau ont la même apparence que nous devons les loger à la même enseigne. Marie-Hélène, en informant sa nouvelle amie de sa relation amoureuse, venait de la mettre sur le même pied d'égalité que son petit copain. Elle montrait là qu'elle avait tout aussi confiance en Pierre qu'en Esther. Parce qu'en effet, il fallait qu'elle ait une confiance aveugle en son amie pour pouvoir trahir un secret auquel elle et son petit ami tenaient énormément. Marie-Hélène ne savait pas qu'elle venait d'ouvrir la boite de pandore, que cet acte allait changer toute la configuration des choses, et que la vie ne serait plus du tout la même.

Quelques mois sont passés et Pierre ne savait toujours pas qu'Esther était au parfum de sa relation avec Marie-Hélène. Cette dernière n'avait pas encore eu le cran de lui annoncer cette nouvelle. Toutefois, les choses se passaient tout à fait normalement. De son côté, Esther jouait le jeu et faisait semblant de ne toujours pas savoir le leur, tandis que Marie-Hélène avait la conscience tranquille. La situation était assez paradoxale. Comment comprendre que Marie-Hélène a révélé sa relation à Esther parce qu'elle ne se sentait pas à l'aise à l'idée de la lui cacher, alors qu'elle n'éprouvait aucune gêne lorsque c'était à Pierre qu'elle cachait quelque chose d'aussi important. Mais comme l'enseigne la vie, des situations similaires, voire identiques, peuvent avoir des débouchés diamétralement opposés.

En avril 2017, un concours intellectuel réunissant tous les lycées de la ville d'ABIDJAN était organisé. Pierre avait la lourde responsabilité de défendre les couleurs de son prestigieux lycée. Il était certes habitué à ce type de compétitions, mais celle-ci en particulier représentait un nouveau défi pour lui. C'était une compétition retransmise en direct à la télévision nationale, en présence des représentants du ministère de l'éducation nationale, ainsi que de ceux d'autres ministères. Des organismes internationaux dédiés à l'éducation ainsi que plusieurs autres institutions avaient leur ticket pour cet évènement. Ce concours n'était de ce fait, pas comparable à ceux auxquels il avait l'habitude de participer. Les responsables du lycée ainsi que les enseignants étaient confiants. En effet, Pierre avait déjà prouvé qu'il était à la hauteur de ce type de rendez-vous. Ses résultats scolaires parlaient pour lui. Dans la promotion de 1ère, on ne pouvait pas trouver mieux. Mesurant l'importance de cette compétition et les différents enjeux, Pierre se préparait en conséquence. En plus des examens et devoirs d'école qu'il devait bien préparer, il en faisait de même pour la compétition. Il essayait de cerner ses quelques lacunes pour pouvoir être au top ; il s'apprêtait à aller en guerre et il savait qu'il devait avoir toutes les armes possibles s'il désirait gagner. Il misait surtout sur ses connaissances en culture générale qui faisaient toute la différence. En effet, c'est un pan que beaucoup négligent. Il est certes important d'exceller dans ce qu'on nous apprend à l'école mais il est primordial de chercher des sources de connaissance additionnelles dans plusieurs autres domaines. La majeure partie des connaissances que nous accumulons lors de notre formation ou pendant nos études disparaissent au fur et à mesure qu'on évolue, sauf si nous arrivons à les entretenir. Et Le constat est qu'aujourd'hui, les études sont devenues pour certains un fardeau dont ils veulent se défaire le plus vite possible. On entasse donc des notions académiques pour une certaine période et les évaluations terminées, toutes tombent aux oubliettes. Cependant, le savoir acquis par la culture générale, perdure et élève notre aptitude à trouver des solutions et participer à des débats qui ne sont pas de notre domaine de prédilection. Cela, Pierre l'avait compris et cet atout représentait une grande force pour lui.

Le concours devait se tenir à la fin du mois et Pierre n'avait plus le temps pour les sorties et visites de courtoisie. Il parlait très peu à Marie-Hélène qui commençait à avoir des remords. La culpabilité la rongeait. Elle savait qu'il était devenu distant du fait de sa préparation à la compétition, mais se disait aussi qu'il était possible qu'il sache qu'elle avait vendu la mèche. La cachotterie ne pouvait pas faire long feu. Ses valeurs et principes l'empêchaient de se taire, l'honnêteté faisait partie intégrante d'elle-même. Il était temps pour elle de tout avouer. Cependant, elle n'était pas prête à en assumer les conséquences. L'acte qu'elle avait posé était incompréhensible. Se fixer des règles qu'on violait soi-même sans y être forcé ! Cela paraît irrationnel. Dans son hystérie, elle voulait d'abord se rassurer que Pierre ne sache pas encore qu'Esther est au courant de leur liaison. Pour cela, elle se rendit chez lui un après-midi afin de voir si son comportement envers elle avait changé. Elle l'avait très bien étudié et savait par son expression faciale, ses tics et son comportement, s'il était en colère, déçu ou même triste. Mais, ne sachant évidemment rien de toutes ces tractations, Pierre était tout à fait normal. Il réagissait comme d'habitude, toujours aussi aimable et scintillant d'amour. Au sortir de cette rencontre, l'état de Marie-Hélène avait empiré. Elle était encore plus inquiète, car elle réalisait à quel point l'annonce de cette nouvelle à Pierre pouvait le déchirer émotionnellement. Elle décida donc de se taire et de ne rien lui dire, de peur que cela puisse avoir un impact négatif sur sa préparation à la compétition.

Elle avait entre-temps fait part de son angoisse à Esther qui pensait aussi qu'il valait mieux attendre. Et pour la rassurer, elle lui avait dit qu'elle n'allait au grand jamais révéler ce secret à une autre personne.

La compétition était dans 72 heures et pour relâcher la pression après tant de semaines de fortes révisions, Pierre avait pour idée d'inviter à déjeuner chez lui à la maison Marie-Hélène et Esther. Attiéké, alloco, frites, poulet, poisson, crabe farcis et côte de porc étaient au rendez-vous. C'était une rencontre amicale aux allures de fête, on aurait dit qu'on célébrait la victoire de Pierre à la compétition avant même qu'elle n'ait eu lieu. Une ambiance fraternelle régnait cet après-midi-là au domicile des parents de

Pierre, plus précisément sur la terrasse. Ils étaient mineurs mais avaient déjà le goût des boissons alcoolisées. Pierre et Marie-Hélène se sont limités seulement à un verre de vin blanc chacun tandis qu'Esther buvait sans compter. Comme si c'est elle qui voulait déstresser et non Pierre. Dans un état d'ébriété qui laissait les deux tourtereaux bouche bée, Esther commençait à avoir des réactions et attitudes bizarres. Elle profitait de toutes les occasions pour faire des câlins et autres accolades à Pierre et ce, en présence même de Marie-Hélène. Était-ce vraiment l'alcool ou sa propre volonté qui la guidait ? Avait-elle prémédité ce scénario ? On peut penser que oui, quand on sait que c'est elle-même qui a apporté les deux seules bouteilles d'alcool présentes ce jour-là, en signe de contribution au déjeuner. Toutefois, la vie nous apprend à éviter de s'ériger en juge car le cours des évènements peut nous emmener à remettre en cause notre jugement. Ce qui était évident, c'est qu'il y avait bel et bien une volonté d'Esther de se rapprocher de Pierre. Et ça, Marie-Hélène le voyait très mal. Cependant, elle était dans un déni total car ne pouvant imaginer que celle qu'elle considérait comme sa meilleure amie, au point de lui trahir ses secrets les mieux gardés, pouvait en sa présence, oser faire des avances à son petit ami. Les trois participants de ce déjeuner convivial se sont donc séparés, chacun sur différentes notes. Pierre, l'instigateur de la rencontre était perdu dans ses pensées. Devait-il faire comprendre à Esther qu'elle ne l'intéressait pas ? Il ne savait quoi faire. Quant à elle, Marie-Hélène cachait toujours à Pierre qu'elle avait révélé leur relation à Esther. Il lui était impossible de ce fait de contre-attaquer ouvertement face à celle-ci. Et même si elle lui laissait le bénéfice du doute, elle restait tout de même sur ses gardes. Ils avaient tous deux décidé de ne plus y penser. Pierre devait avoir l'esprit tranquille pour sa compétition et c'était mieux que cette histoire reste derrière eux.

Le jour de la compétition était enfin arrivé. Une partie des élèves du lycée avait été désignée pour supporter Pierre durant l'épreuve. Le décor était digne d'une visite présidentielle. Les premières rangées étaient bondées de dignitaires du pays. C'était une occasion pour eux de prouver que leur système éducatif donnait naissance à des génies. Le stress montait d'un cran pour les participants. Tous étaient intimidés par Pierre, son succès l'avait précédé. En effet, cette réputation se confirmait car Pierre raflait les victoires. Il était dans son élément, c'était trop facile pour lui. Il battait ses adversaires à plate couture, au point même de susciter des réactions parmi les invités de marque. Pendant ce temps, Esther, sous le regard méfiant de Marie-Hélène, ne faisait que scander son nom ; c'en était même devenu gênant. On l'entendait à des centaines de mètres à la ronde, on se serait cru dans un stade de football.

La compétition tira à sa fin et sans grande surprise, Pierre en était sorti vainqueur. Il avait l'honneur de saluer à tour de rôle tous les officiels qui avaient effectué le déplacement ; de quoi susciter de l'envie de la part de ses adversaires, mais aussi de ses camarades de classe qui étaient venus l'accompagner. Esther s'était transformée en première supportrice de Pierre, elle ne pouvait pas s'empêcher de lui faire des éloges et même les autres élèves du lycée l'avaient remarqué. Marie-Hélène était impuissante, victime de sa propre traîtrise. Le bruit courait qu'Esther aurait avoué à certaines personnes qu'elle avait des sentiments pour Pierre depuis un certain temps. Mais ni Pierre, ni sa petite amie n'étaient au courant. Esther savait très bien qu'il était en couple avec Marie-Hélène. Mais comme sa rivale lui avait donné l'arme qui allait lui permettre de la clouer au sol, elle avait trouvé le moyen d'exercer une pression sur Marie-Hélène, et se rapprocher tout doucement de Pierre.

Esther qui était dans un jeu de dupe très bien ficelé se rendit un jour en pleurs chez Marie-Hélène. Cette dernière, inquiète, essaya tant bien que mal de la réconforter tout en cherchant à comprendre ce qui avait pu la mettre dans un état pareil. Après avoir versé des larmes de crocodile, Esther se mit à expliquer à son amie que tout le monde au lycée l'accusait à tort d'avoir dit qu'elle éprouvait des sentiments pour Pierre, et que cette situation la dévastait. Elle clamait son innocence et rejetait la faute sur les autres. Selon elle, les autres personnes jalousaient l'amitié qu'elle avait avec Pierre et tentaient donc de les séparer. Marie-Hélène devint dès lors confuse. Elle commençait à éprouver de la compassion pour son amie et se disait que les actes qu'elle posait étaient sûrement sa façon de montrer son amitié et qu'elle n'avait pas d'arrière-pensées. Esther était sûre qu'elle réussirait son coup, elle savait son amie assez naïve pour croire toute cette mise en scène. Elle avait maintenant le champ libre et pouvait désormais placer ses pions dans une sérénité totale.

Pierre voyait Marie-Hélène et Esther redevenir les meilleures amies du monde. Il ne se préoccupait donc plus des écarts d'Esther, car il se disait que si Marie-Hélène la voyait faire et ne disait rien lorsqu'ils se retrouvaient en aparté, ce n'était pas à lui de venir créer une histoire avec des suppositions au risque que tout lui retombe dessus. Les rencontres à trois recommencèrent petit à petit et l'idée d'avouer de nouveau à Pierre qu'elle avait partagé leur secret à Esther n'effleurait plus l'esprit de Marie-Hélène. Elle pensait que tout était rentré dans l'ordre et qu'il était donc inutile de créer une situation qui risquait d'entraîner certaines conséquences.

La suite de l'histoire requiert que nous fassions un saut dans le passé en général et plus particulièrement celui de Pierre. Vous n'êtes pas sans savoir que Pierre est natif de OUELLÉ et a rejoint ses parents dans la ville d'ABIDJAN seulement après avoir décroché une bourse à la suite de ses bons résultats au brevet d'études du premier cycle. Toutefois, son passé ne se limite pas à ces quelques détails. Il faut dire qu'il a eu à vivre des situations tout aussi difficiles les unes que les autres dès le bas âge. En effet, les parents de Pierre étaient très jeunes lorsqu'ils se sont rencontrés. Son père avait 22 ans tandis que sa mère en avait 26. Ils n'ont pas tardé à se mettre en couple peu de temps après leur rencontre et cette relation qui paraissait anodine a rapidement donné naissance au petit Pierre. Cependant, les grands-parents paternels de Pierre n'étaient pas en accord avec cette relation dès les premiers instants. Ce refus n'était pas seulement lié à un, mais à plusieurs faits qui pour ces grands-parents paraissaient plus graves les uns que les autres. De prime abord, l'écart d'âge qu'il y avait entre eux constituait pour les grands parents un frein à l'établissement de cette relation. Ayant grandi dans une société patriarcale, le grand-père de Pierre, très attaché à l'autorité masculine dans le foyer, ne pouvait admettre que la partenaire de son fils soit plus âgée que lui. C'était impensable. Il jugeait que Moustapha, son fils, n'aurait pas pu exercer complètement son rôle d'homme et de chef de famille à cause des quatre années qui le séparaient d'Alicia, la mère de Pierre. Il se disait que s'ils finissaient par fonder une famille, Alicia allait à un moment ou un autre se rebeller contre Moustapha, ce qui causerait l'effondrement de toute la structure familiale. Il y avait aussi le fait qu'Alicia soit toujours au chômage en ce temps-là, mais pas Moustapha. La grand-mère paternelle de Pierre, très protectrice, s'imaginait qu'Alicia était avec son fils seulement pour ses moyens et qu'à la première occasion, si elle arrivait à trouver un emploi ou un homme qui en avait plus dans les poches, elle s'enfuirait vers de nouveaux horizons. Elle ne voulait pas d'une femme de qui son fils allait s'occuper comme un enfant, mais d'une femme battante qui arriverait à aligner travail et vie de famille, tout en étant soumise à son fils. Vous l'aurez certainement compris, ces grands parents étaient très exigeants. Mais ces exigences n'étaient que préliminaires. La raison fondamentale qui causait le refus catégorique de cette relation était le fait que Moustapha était musulman et pas Alicia. Nos croyances qui étaient censées nous unir, nous permettre de cultiver l'amour, l'acceptation de l'autre et la paix, nous divisent encore aujourd'hui plus que jamais. Alicia, depuis le premier jour a clairement fait comprendre au père de Pierre qu'elle éprouvait certes de l'amour pour lui, mais au grand jamais, elle n'allait accepter de se convertir à l'Islam. Son amour s'arrêtait là où commençait la conversion. Moustapha envisageait lui en revanche, de se convertir au christianisme car son amour pour la mère de Pierre n'avait pas de frontières, et il l'avait bien fait comprendre à ses parents. Ce jour-là, le grand père de Pierre lui a fait savoir que s'il venait à se convertir au christianisme pour une femme, il serait sur le champ déshérité et que lui son père, n'allait plus jamais le reconnaître comme son fils. Moustapha, 22 ans et Alicia 26 ans, ces deux jeunes qui ne demandaient rien d'autre que de pouvoir vivre pleinement leur amour, étaient donc soumis à des pressions qu'ils ne pouvaient négliger. C'était plus fort qu'eux. Ils ont donc dans un premier temps décidé de se séparer, malgré l'amour qu'ils se vouaient toujours. Le grand-père paternel de Pierre était tellement heureux de cette séparation, qu'il avait mis Moustapha à la tête de l'empire agricole qu'il dirigeait et était même prêt à l'unir avec une fille musulmane qu'il avait pris le soin de choisir. Mais c'était mal connaître le destin. À leur grande surprise, Alicia était enceinte et Moustapha ne pouvait nier la paternité de ce fœtus qui allait bientôt être Pierre. Tout le monde était sous le choc, Moustapha et Alicia étaient entre joie et peur tandis que leurs parents respectifs, surtout ceux de Moustapha, étaient remplis d'une colère sans précédent. Après quelques semaines, le verdict était tombé et les parents, après maintes concertations, ont communément décidé de faire avorter Alicia. Pour eux, elle devait avorter avec ou sans son consentement. Cependant, Alicia et Moustapha ne voulaient en aucun cas de cet avortement. Ils étaient heureux de pouvoir être futurs parents. Ils considéraient que cet enfant était une bénédiction de DIEU, le DIEU unique qui n'a pas de religion, et pour cette raison il était impératif pour eux de trouver une solution alternative. Ils décidèrent donc de s'enfuir loin de chez eux, afin de pouvoir vivre en paix. C'est ainsi qu'ils arrivèrent à OUELLÉ et qu'ils furent aimablement et fraternellement accueillis par les habitants de cette contrée. Ils avaient fui, et donc n'avaient plus de sources de revenus viables. C'est pour pouvoir subvenir aux besoins de leur fils, qu'ils décidèrent de le laisser à OUELLÉ et de prendre la direction de la ville d'ABIDJAN, où il leur serait plus facile d'avoir un emploi et une situation financière stable. Pierre a donc grandi à OUELLÉ avec des hommes et femmes au grand cœur, qui n'étaient pas ses parents biologiques mais qui se comportaient tout comme. Il avait l'occasion de voir ses parents quelques rares fois lorsqu'ils venaient lui rendre visite lors de leur période de vacances. Son arrivée à ABIDJAN après la classe de 3ème, en plus d'être une consécration académique, était pour lui une occasion en or que lui offrait le ciel de pouvoir vivre de façon permanente avec ses parents.

Il est clair que le passé de Pierre ainsi que celui de ses parents n'a pas été de tout repos. Mais, ainsi que me l'a souvent rappelé mon géniteur, «la nature n'est pas injuste, elle ne peut pas laisser perdurer une situation triste ou désastreuse. Les temps mauvais ainsi que le désordre laisseront place tôt ou tard à une situation heureuse et ordonnée. » Les nuages sombres semblaient s'être dissipés. Pierre vivait maintenant avec ses parents qui avaient une situation professionnelle et financière stable. Il fréquentait un prestigieux lycée et son rendement scolaire était tout ce qui se faisait de mieux. Sa vie donnait désormais envie ; il avait même le luxe de compter à ses côtés une des filles les plus courtisées de son établissement comme petite amie. Toutefois, cette vie était trop belle pour être vraie et le revers de la médaille n'allait pas tarder à apparaître.

La situation entre Pierre, Marie-Hélène et Esther, qui semblait s'être régularisée, va connaître un tournant majeur.

C'était la période de congés scolaires et les trois amis avaient décidé de se retrouver au jardin botanique situé à BINGERVILLE, afin de contempler son beau paysage et profiter de toutes ces énergies positives qu'il dégage. Et ce, tout en savourant un délicieux repas. Vous l'aurez certainement remarqué, la nourriture ne manquait presque jamais toutes les fois qu'ils se rencontraient ; ils étaient tous trois adeptes des chefs-d'œuvre de la cuisine ivoirienne. Cette fois-ci, Pierre avait décidé unilatéralement qu'ils ne consommeraient pas d'alcool. Il ne désirait plus qu'il y ait de l'alcool lors de leurs rencontres, il ne voulait plus revivre l'épisode du repas d'avant la compétition. Mais vu que ni lui, ni Marie-Hélène, ni même Esther n'avaient parlé de ce qui s'était passé ce jour-là, il devait trouver une justification pour sa décision. Il dit donc que son refus s'appuyait sur le fait qu'ils étaient encore trop jeunes pour de telles substances et qu'il était de leur devoir de ne plus s'en abreuver. Ils se sont donc mis d'accord mais à sa grande surprise, les jeunes filles débarquèrent ce jour-là ensemble, munies de bouteilles d'alcool. Il n'en croyait pas ses yeux. Il ne redoutait pas tant la présence d'alcool mais avait peur de ce qui pouvait advenir si Esther en consommait. Naturellement, c'était bel et bien l'idée de cette dernière qui, n'ayant pas suffisamment profité de l'effet de l'alcool lors de leur précédente rencontre pour assouvir ses envies, voulait réitérer l'acte. Bien évidemment, elle a facilement réussi à convaincre Marie-Hélène qui désormais ne lui refusait absolument plus rien. Ce n'était plus une relation amicale d'égale à égale entre Esther et Marie-Hélène, mais, l'exercice de la domination d'Esther sur Marie-Hélène. Cette amitié s'était transformée en relation de soumission. Pierre était très remonté contre Marie-Hélène qui était censée le soutenir dans cette résolution. Il ne reconnaissait plus sa petite amie ; elle était désormais corrompue. Tout au long du repas, Esther ne faisait que tendre des verres d'alcool à Marie-Hélène sous le regard impuissant de Pierre. Cette fois-ci, c'était Marie-Hélène qui devait être saoule à tout prix pour qu'elle puisse avoir du temps avec Pierre. Elle savait que Marie-Hélène ne supportait pas l'alcool. Quelques heures plus tard, le scénario savamment orchestré par Esther s'était concrétisé. Marie-Hélène était saoule à en dormir, à la limite du coma éthylique. Et pendant qu'elle se reposait calmement, Esther en profitait pour se rapprocher de Pierre. En vérité, Pierre était plus en colère contre Marie-Hélène qu'autre chose et donc, il jugeait que ce qui lui arrivait actuellement n'était que le fruit de ses propres choix. Sa colère était telle qu'il en arriva au stade de ne plus repousser Esther. Pierre et Esther se sont donc éloignés de là où ils étaient, laissant Marie-Hélène tranquillement reprendre de son black-out. Ils discutaient sur des faits divers lorsqu'Esther commença tout doucement à s'ouvrir à lui. C'est une technique assez redoutable qu'on utilise dans plusieurs domaines, que ce soit dans la drague ou même dans les affaires. Elle consiste à s'ouvrir à la personne qui se trouve en face de nous afin qu'elle en fasse de même. Cependant, dans cette situation, Esther ne racontait que de fausses histoires aux allures réalistes. Les histoires d'Esther semblaient tellement touchantes que Pierre finit par céder et à son tour, il commença peu à peu à se confier à elle. Il était tombé dans le panneau, Esther savait comment s'y prendre tant avec les filles qu'avec les garçons. Elle se présentait comme un animal sans défense en quête d'attention et les autres en face, en se livrant, pensaient consciemment ou inconsciemment réussir à la réconforter. Pierre lui a donc raconté tout ce qu'il a vécu dans son enfance, de la mésaventure de ses parents en passant par ses aventures à OUELLÉ, il a naïvement tout livré à son bourreau sur un plateau d'or. Une sensation de bien-être se créa tout à coup dans l'esprit de Pierre. Il se sentait à l'aise avec Esther, assez à l'aise pour parler de lui-même, assez à l'aise pour s'ouvrir. Il ne savait pas qu'en face, Esther ne lui racontait que des affabulations. La discussion suivait calmement son cours lorsqu'Esther décida de jouer son premier joker. Elle dit à Pierre qu'elle le considérait énormément et qu'elle refusait de lui cacher la vérité comme le fait sa petite amie Marie-Hélène. Pierre était confus. De quoi parlait-elle ? Qu'est-ce-que Marie-Hélène lui cachait ? Il voulait tout savoir, il demanda alors à Esther de quoi est-ce qu'il s'agissait concrètement. Manipulatrice émancipée, Esther jouait un autre personnage du film qu'elle avait elle-même tourné. Elle paraissait gênée et disait à Pierre qu'elle ne voulait rien lui dire parce qu'elle ne voulait pas détruire la relation qu'elle avait avec Marie-Hélène. Il insistait mais elle ne disait rien de concret. Ils étaient déjà arrivés au niveau de Marie-Hélène qui venait de se réveiller, mais qui était toujours un peu secouée. Ils décidèrent alors de rentrer à la maison et mirent fin à leur petite discussion.

Esther avait eu ce qu'elle voulait, créer le doute dans la tête de Pierre. Elle savait que sa seule chance d'avoir Pierre, c'était qu'il la préfère à Marie-Hélène. Cependant, Marie-Hélène était une fille en or, sans défaut apparent et donc sa seule alternative était de tuer son mythe si angélique. Elle savait que si Pierre commençait à douter de la sincérité de sa petite amie, il serait de plus en plus ouvert à se rapprocher d'elle.

Pierre n'arrivait pas à se remettre de cette sortie. Décidemment, les rendez-vous à trois ne lui réussissaient jamais. Il commençait à développer une certaine aise en présence d'Esther et il savait que cela allait devenir un grave problème si les choses restaient comme telles. Par ailleurs, il était tourmenté par l'idée que Marie-Hélène puisse lui cacher quelque chose. Ce n'était pas sa nature et il se demandait bien pourquoi cela allait commencer aujourd'hui. Bien que faisant désormais assez confiance à Esther, il restait quand même suspicieux. Toutefois, il décida de ne pas dire un mot à Marie-Hélène, premièrement parce qu'il était toujours remonté contre elle et deuxièmement, il ne voulait pas qu'elle sache qu'il s'était rapproché d'Esther, la fille qu'il diabolisait hier.

L'année scolaire tirait à sa fin et après deux années passées dans son lycée, la cote de popularité de Pierre était sans égale. Au terme du troisième trimestre de son année de première, il était connu par tous les élèves de son lycée et même ceux d'autres établissements. Cette popularité précoce commençait à entraîner certaines conséquences. Il était moins attentionné pendant les cours parce qu'il passait son temps à rêvasser, son esprit était partout sauf dans la salle de classe. Son nouveau statut lui montait à la tête et il était plus préoccupé par le fait de devenir de plus en plus populaire qu'autre chose. Cependant, il s'arrangeait à rattraper son retard une fois à la maison afin que son rendement scolaire restât toujours au top. En plus d'avoir la tête ailleurs, son nombre d'amis et connaissances augmentait de façon exponentielle. C'était évident car parmi les jeunes de sa génération, il faisait désormais parti des personnes les plus cotées. De ce fait, tout le monde voulait être dans ses bonnes grâces et malheureusement pour lui, il ne savait pas mettre des limites à certaines choses. Pierre n'était pas loin de mal finir s'il n'y prenait garde. Mais comme une rencontre n'est jamais fortuite, Marie-Hélène était là pour lui prodiguer des conseils précieux qui pourraient lui sauver la vie. Elle le faisait depuis le début de leur relation et surtout lorsque sa cote de popularité commençait à fortement grimper. Elle était peut-être naïve dans sa relation amicale avec Esther, mais elle demeurait quand même une jeune fille valeureuse qui réussissait à lire entre les lignes. Cependant, contre toute attente, Pierre n'écoutait plus les conseils de sa petite amie. Désormais il ne l'estimait plus comme par le passé. Et de plus, le fait qu'elle puisse lui cacher quelque chose d'important comme Esther lui avait dit, l'empêchait de lui faire totalement confiance. Il se méfiait plus d'elle que des nouveaux soi-disant amis qui l'entouraient dorénavant. Comme on dirait au Québec, « Pierre était rendu fou ! ».

Les vacances scolaires étaient désormais arrivées, Pierre vivait à cent à l'heure. Il s'était lié d'amitié avec des personnes de moralité douteuse et commençait à se laisser emporter dans leur monde. Il faut noter qu'il y avait un peu de tout dans son nouvel entourage, des jeunes qui s'adonnaient à toutes sortes de pratiques. Consommation de drogue en tout genre : cocaïne, cannabis, codéine, Xanax, cigarettes. Chaque jour de nouvelles façons de s'évader naissaient. En plus de cela, des adeptes de pratiques sexuelles qui en disent long sur leur état d'esprit : Orgie, viol collectif, partouze. Ces jeunes qui avaient à peine 18 ans, baignaient dans un tas d'immondices. D'autres s'étaient trouvé des passe-temps un peu plus spéciaux : braquage, vol à l'étalage, fraude bancaire, étaient leurs activités phares. Ces adolescents pratiquaient le crime sous toutes ses formes. Vous devez vous demander pourquoi donc ces jeunes qui pratiquaient de telles activités voulaient se lier d'amitié avec Pierre qui paraissait innocent ? Tout simplement parce que sa cote de popularité allait leur emmener de nouveaux adeptes, de nouvelles âmes à corrompre afin que le crime dure dans le temps. Pierre, pensant être aimé pour ce qu'il est réellement, était une fois de plus victime de sa popularité. Il s'était mis à la cigarette et avait commencé à s'éloigner peu à peu de ceux qui passaient leur temps à lui prodiguer des conseils, en l'occurrence ses parents et sa petite amie. D'un autre côté, il se rapprochait de plus en plus des personnes qui l'encourageaient dans ce qu'il faisait. Comme un dictateur égaré, il ne cherchait pas des personnes qui allaient lui dire la vérité mais des sbires qui allaient lui chanter chaque matin qu'il était sur la bonne voie. Comme disait le chanteur TAIPAN dans la chanson bouche à oreille en collaboration avec YOUSSOUPHA, « il y a des gens qui ne veulent pas que tu changes et il y a des gens qui ne veulent pas que tu évolues ; fais le tri ! Il y en a qui te complimentent pour que tu en crèves, et tu as les autres qui t'insultent pour sauver ta vie ». Sans le savoir, Esther était de ceux qui complimentaient Pierre pour qu'il en crève. Il faut la comprendre, elle voulait s'attirer les grâces de Pierre et savait qu'il s'éloignait désormais de ceux qui tentaient de lui prodiguer des conseils. Étant elle-même adepte de consommation d'alcool et de stupéfiant, c'était une occasion inespérée de faire plonger Pierre dans son monde afin de l'avoir pour elle toute seule.

Pierre n'était plus le jeune garçon qui trouvait de la joie dans des petits repas organisés sur sa terrasse ou au jardin botanique, il voulait désormais des choses beaucoup plus branchées. Marie-Hélène et lui n'arrivaient plus à se voir fréquemment car il n'avait plus de temps pour elle. Il lui disait que si elle voulait passer plus de temps avec lui, il fallait qu'elle l'accompagne lors de ses sorties avec ses amis où alcool, drogue, activités lugubres en tout genre, étaient au menu. Marie-Hélène n'avait jamais assisté à ce genre de fêtes de jeunes ; elle était donc réticente mais était tellement amoureuse de Pierre qu'elle se disait que ça valait le coup d'essayer. C'est dans cet élan qu'accompagnée d'Esther, elle rejoignit Pierre un samedi en fin d'après-midi dans une de leurs fêtes. Elle fut choquée par ce qu'elle voyait. Elle savait qu'elle n'allait pas assister à une messe d'action de grâce mais elle était loin de s'imaginer ce qu'elle voyait sous ses yeux. Elle était tellement stupéfaite et dépassée qu'elle ne réussit pas à faire plus de 30 minutes. Elle finit par laisser Esther et Pierre seuls à leur fête et rentra chez elle. Une fois rentrée, elle s'est jurée de ne plus jamais remettre les pieds dans ce genre d'endroit sous aucun prétexte. Pierre et Esther ont tranquillement continué la fête remarquant à peine l'absence de Marie-Hélène. Cigarette à la bouche, verre de bourbon en main, Pierre discutait passionnément avec Esther qui le suivait et l'encourageait dans tous ses délires mondains. Lorsqu'il remarqua que

Marie-Hélène avait disparu, il entreprit de l'appeler pour savoir où elle était et comment elle allait. Esther s'y opposa, disant que Marie-Hélène était une grande fille et que si elle avait décidé de s'en aller de son plein gré, il ne fallait pas lui porter grande attention. Vous l'aurez compris, Esther commençait à laisser tomber son masque en présence de Pierre et en l'absence de Marie-Hélène. C'était aussi une manière de tester Pierre afin de savoir si sa loyauté envers sa petite amie était aussi grande qu'elle en avait l'air. La fête s'était terminée aux alentours de 23 heures mais Pierre était toujours dehors, il n'avait plus de couvre-feu. Et même s'il en avait toujours, il ne l'aurait pas respecté, car l'image qu'il voulait véhiculer à son entourage était plus importante que le respect des consignes parentales. Désormais, il préférait rendre heureux ses amis et désobéir à ses parents sous peine de se voir infliger de sévères corrections. Marie-Hélène ne sachant pas où se trouvait ce dernier, l'appela mais sans succès. Elle essaya de joindre Esther pour savoir si elle avait des nouvelles de Pierre. Dans une mesquinerie maladive, Esther dit à son amie qu'elle ne savait pas où est-ce qu'il se trouvait et se mit à simuler une inquiétude afin de la leurrer. En vérité, Esther a exigé que Pierre la raccompagne à la maison car elle craignait de se faire enlever par un chauffeur de taxi. Son excuse était bien placée parce qu'à cette époque déjà, il y avait de nombreux enlèvements de ce type dans toutes les zones du pays et plus précisément dans la capitale économique. Pierre lui donna raison et décida de la raccompagner. Pendant le trajet, elle décida subitement de changer l'itinéraire et dit au chauffeur de taxi de prendre la direction d'un restaurant chic de la ville appelé le Texas Grillz. Pierre était pris au dépourvu. Il fit comprendre à son amie qu'il devait impérativement rentrer. Mais après plusieurs échanges, elle réussit à le convaincre. Ah ! De fines négociatrices ces femmes…

Pendant la dégustation de leur plat de steak, ils reprirent la discussion là où ils l'avaient laissée le jour du partage au jardin botanique. Pour rappel, ce jour-là, Esther avait dit à Pierre qu'elle avait connaissance d'un secret que Marie-Hélène lui avait révélé et qu'elle sentait le besoin de lui en parler à son tour. Eh bien ! Pierre voulait à tout prix savoir quel était ce fameux secret. Étrangement, Esther lui dit que s'il voulait savoir le secret, il devait lui faire un câlin à la fin de leur repas lorsqu'ils seraient tous seuls et contre toute attente, il lui fit savoir qu'il lui aurait fait le câlin même sans condition. Cette parole avait rendu Esther hystérique, elle se voyait déjà dans une relation amoureuse avec Pierre. Le repas prit fin et Pierre tint sa part du contrat, il fit un câlin à Esther. À son tour, avec une expression faciale qui faisait croire qu'elle était peinée, Esther annonça à Pierre que Marie-Hélène lui avait confié plusieurs mois auparavant qu'ils étaient en couple. Il resta sans voix. Il ne pouvait y croire, mais il savait que c'était la pure vérité car ils étaient effectivement ensemble. Au moment où leur relation amoureuse ne battait plus de l'aile, cette nouvelle venait envenimer les choses. Il ne savait absolument pas comment réagir. Malgré tout l'amour qu'elle lui portait, elle ne pouvait pas garder un précieux secret qu'elle avait elle-même défendu de révéler sous aucun prétexte. Il venait d'apprendre de la bouche d'une autre personne que sa petite amie, à qui il tient beaucoup malgré les apparences, l'avait trahi et réussi à vivre tranquillement avec. Et le comble, ce qu'il n'arrivait pas à comprendre, c'est qu'elle ne lui a pas avoué cela depuis tout ce temps. C'était trop pour lui. L'effet du bourbon s'était comme évaporé, laissant place à une peine immense. Il était tellement touché qu'il ne réussit pas à cacher ses émotions et se mit à couler des larmes. Esther en profita pour le prendre dans ses bras afin de le réconforter, drôle de réconfort. Ils restèrent ainsi pendant une vingtaine de minutes, sous le regard intéressé des passants. Après s'être ressaisi, il raccompagna Esther chez elle et rentra directement. Cependant, il lui fit jurer de ne révéler sous aucun prétexte à Marie-Hélène qu'elle l'avait mis au courant, ni à quiconque, l'existence de sa relation. Arrivé à la maison, après plusieurs cogitations, Pierre décida dans un premier temps de rompre avec Marie-Hélène en inventant une excuse bidon, avant de se rétracter et de finalement oublier cette idée. Il était clair qu'il l'aimait et se séparer d'elle pour cette raison n'était absolument pas nécessaire. Cependant, il ne veut pas qu'elle soit au courant de son rapprochement avec Esther. Dès lors, il décida de vivre comme s'il ne s'était rien passé, comme s'il ne savait absolument rien de toute cette histoire. Esther avait d'ores et déjà lancé le filet et attendait patiemment de recueillir son butin. Elle avait réussi à semer le doute dans la tête de Pierre avant de larguer cette nouvelle qui allait le déstabiliser et ainsi fragiliser la confiance dans leur couple. Ce n'était pas gagné d'avance, mais son plan commençait à prendre forme.

La situation devenait hors de contrôle, une vérité cachée avait favorisé la naissance de plusieurs situations déconcertantes. Certes Marie-Hélène n'avait pas pris la bonne décision en avouant ce secret à Esther et en cachant son acte à son petit ami. Mais, en voulant à son tour cacher à sa petite amie un rapprochement avec Esther, Pierre venait de créer les conditions propices à la concrétisation du plan de cette dernière.

Au mois de juillet 2017, un évènement allait apporter de la joie à la famille de Pierre. Un remaniement ministériel devait avoir lieu sous peu et le poste de ministre de l'Économie et des finances était toujours vacant. Plusieurs personnes étaient bien placées pour occuper ce poste et parmi ces personnes figurait Moustapha, le père de Pierre. Il avait fait de brillantes études à l'école nationale d'administration et avait travaillé dans plusieurs administrations financières. Il était fort probable qu'il soit nommé à ce poste étant donné qu'il avait rejoint le parti présidentiel depuis un certain temps, avec le parrainage d'un ami, directeur de cabinet du ministre des Affaires étrangères en ce temps-là. Toutefois, des voix s'élevaient au sein du parti, plusieurs hauts cadres voulaient eux aussi occuper ce poste à tout prix. Ils étaient nombreux, ces députés, maires, présidents de conseils régionaux, hommes d'affaires, à vouloir tenir les rênes de l'économie ivoirienne. Malgré ses qualifications et son appartenance au parti, le père de Pierre n'avait pas les moyens nécessaires pour exercer des pressions ou pour faire bouger les lignes en sa faveur afin qu'il sorte vainqueur de cette guerre des prétendants.

Un mercredi, lors d'un conseil des ministres retransmis en direct à la télévision nationale, le président de la République annonça lui-même la nomination du père de Pierre au poste de ministre de l'Économie et des finances de la république de Côte d'Ivoire. Ce fut l'euphorie à la maison des parents de Pierre ; même les voisins et autres résidents du quartier vinrent dans la cour pour chanter des louanges au Seigneur. Le quartier avait désormais un ministre et pas n'importe lequel, le ministre de l'Économie et des finances. Une nomination d'une telle envergure en Afrique ne change pas que la vie des seuls membres de la famille du concerné, mais aussi de tous ceux qui de près ou de loin le connaissent. Le père de Pierre avait lui aussi comme tout le monde appris sa nomination à la télévision, il n'avait pas été informé auparavant. Les amis et connaissances de Pierre ne cessaient de lui téléphoner, comme si c'était lui le ministre. Des appels et des messages à n'en point finir ; Pierre fut surnommé « le fils du Roi ». Déjà que tout le monde voulait être dans ses bonnes grâces, cette nomination constituait la goutte d'eau qui allait faire déborder le vase.

Le père de Pierre organisa une fête pour célébrer sa nomination dans leur nouvelle maison. Leur petite résidence basse avait laissé la place à un triplex avec vue sur la lagune ÉBRIÉ, et plusieurs piscines. Ce jour-là, les véhicules aux vitres teintées munis de gyrophares circulèrent sans cesse dans ce quartier résidentiel. Tout le gotha de l'élite ivoirienne était présent ; des ministres, ambassadeurs et directeurs de cabinets, aux membres des loges maçonniques. Le père de Pierre faisait partie de ceux pour qui les chiffres n'étaient plus un problème, des personnes qui dirigeaient le bateau ivoire et pour garder sa place, il fallait qu'il soit introduit dans de nouveaux cercles. La joie était grande ce jour-là et le sourire était sur tous les visages, sans exception. Pierre avait invité une centaine de personnes y compris sa petite amie ainsi qu'Esther. Il avait décidé de s'éloigner d'Esther parce qu'il commençait à développer des sentiments à son égard, mais il ne voulait pas que sa petite amie le sente et s'interroge. Il était donc obligé de toujours trimballer le duo avec lui tout en essayant de limiter les conversations avec Esther. La vie de Pierre avait connu là un tournant majeur, il allait être confronté à plusieurs nouvelles tentations ainsi qu'à plusieurs nouveaux vices. Il était désormais le fils du puissant ministre des Finances, il ne pouvait plus dire non à une quelconque requête. Son statut de fils du Roi allait désormais le mener à des terres plus arides, dépourvues de toutes végétations. Allait-il pouvoir garder les pieds sur terre ? Tout porte à croire que non, vu le chemin qu'il avait déjà commencé à prendre.

Un mois après la nomination de son père, Pierre commença déjà à perdre la tête ; ce jeune homme était en perdition totale. Ses penchants connurent une escalade phénoménale. Il ne s'arrêta plus à un paquet de cigarettes par jour ; gâté par son père, il a désormais les moyens. Il décida donc de passer à quelque chose de plus fort sur suggestion de ses compagnons. Il se mit alors à consommer des lignes de cocaïne, en devenant plus accro l'une après l'autre. Il n'avait plus peur de rien, il avait une garde rapprochée qui dissuadait toute personne mal intentionnée. Il était devenu un demi-dieu. Il avait coupé les liens avec la majeure partie des contacts qu'il avait à OUELLÉ. Pour lui, ils n'étaient plus de la même classe sociale et comme on le dit, les aigles ne volent pas avec les pigeons. Pierre était devenu imbu de sa personne. Marie-Hélène l'avait remarqué et elle essayait tant bien que mal de lui faire entendre raison. Elle a même contacté la mère de ce dernier afin qu'elle essaye à son tour de parler à son fils. Mais malheureusement, elle n'y pouvait plus rien, son jeune garçon ne la respectait plus elle aussi. Il était fermé à toute critique constructive, son humilité d'antan l'avait fui.

Peu avant la reprise des cours, Pierre tomba dans une dépression du fait de son addiction à la cocaïne. Il était devenu paranoïaque, il consommait comme les autres mais oubliait que chacun avait son propre système immunitaire ainsi que sa façon de réagir à tel ou tel produit. C'est alors qu'il décida de prendre contact avec Esther qu'il avait évitée depuis un certain moment. Il s'imagina qu'elle serait la mieux placée pour le comprendre, vu qu'il s'était confié à elle auparavant et qu'elle avait réagi comme il le souhaitait. Quant à elle, toujours désireuse de sortir avec lui, elle ne manqua pas cette occasion que le ciel lui offrait. Elle arriva chez lui et trouva un Pierre au bord du gouffre. Mégots de cigarette par ci, résidus de cocaïne par-là, sans oublier les bouteilles de boissons alcoolisées qui traînaient un peu partout. Même pour elle, c'était un peu trop. Comment un être humain pouvait consommer tout ça à la fois ? Elle comprit que l'état de

Pierre était devenu alarmant. Les substances le contrôlaient, il avait complètement dépéri, il ressemblait à un cadavre. Après avoir fait l'état des lieux, elle prit place et commença à discuter avec lui afin de savoir ce qui se passait. Il lui expliqua qu'il était mentalement épuisé et qu'il n'arrivait plus à joindre les deux bouts, il ne savait plus où il en était. Ses explications étaient tout aussi vagues les unes que les autres. Après l'avoir longuement écouté, Esther comprit que tous les produits illicites qu'il prenait commençaient à agir sur son cerveau et qu'il n'était plus lui-même. Elle ne savait quoi faire. Ce qui l'a le plus alarmée, c'est que pendant qu'il parlait, il passait à tout moment du coq à l'âne. Il disait une chose et après une autre, dans une même phrase, sans que le début et la fin n'aient une relation. Elle téléphona à Marie-Hélène, lui demanda de venir de toute urgence chez Pierre car quelque chose de grave s'y déroulait. Marie-Hélène se demandait bien ce que son amie pouvait faire chez Pierre sans qu'elle ne soit au courant, mais ce n'était pas le temps de se poser toutes ces questions car il y avait urgence. Arrivée chez Pierre, elle constata la gravité de la situation. Il fallait dans l'immédiat faire quelque chose. Il fut donc évacué aux urgences où sa mère l'a rejoint plus tard dans la soirée. Moustapha, son père, se disait trop occupé par ses charges et ne jugea pas nécessaire de se rendre au chevet de son fils pour s'enquérir de sa santé. Le travail avait pris le dessus sur la famille ; l'on voyait venir le pire.

Après une semaine en soins intensifs, Pierre fut transféré en centre de désintoxication afin de libérer son corps de tout ce qui l'empêchait d'être lui-même. Ces quatre semaines dans ce centre ont vraiment été difficiles pour le jeune Pierre. Le sevrage n'était pas vivable, mais il finit par s'y adapter à partir d'un moment. Pendant tout le temps passé dans ces différentes institutions sanitaires, il n'avait pas reçu même un simple coup de fil de son père. Pourtant, il avait la possibilité de recevoir des appels ainsi que des visites, et des visites il en a reçu de sa mère, Esther et Marie-Hélène uniquement. Mais l'absence de son père pour qui il avait une grande estime, lui faisait plus de mal que la consommation de drogues elle-même. À son retour au domicile parental, sa maman lui fit comprendre que son père se faisait de plus en plus rare à la maison, il passait la plupart de son temps à des réunions et meetings politiques, en ville comme au village. Pierre comprenait bien le fait que son père soit occupé, mais occupé au point de ne pas prendre des nouvelles de son fils ? C'était impardonnable. Il était peut-être libéré partiellement de l'emprise des drogues mais ce chagrin pouvait le faire rechuter et même pire, l'enfoncer.

À mi-parcours de notre histoire, nous sommes témoins de situations qui nous laissent dubitatifs. Marie-Hélène qui semble être la moins illuminée, n'a toujours pas avoué à son petit ami qu'elle avait trahi leur secret. En plus, son amitié qui paraissait au début idyllique se transforme peu à peu en cauchemar. Pour sa part, Pierre, le personnage principal, se retrouve pris au piège par ses mauvais choix ; sa volonté de plaire à tout le monde l'éloigne fondamentalement de sa vraie nature.

3

L'HEURE DES COMPTES

« QUAND LA FAUTE EST CONSOMMÉE, QUE L'ON VEUT REVENIR EN ARRIÈRE, IL EST TROP TARD. NOS ACTES NOUS SUIVENT. »
PAULINE VIGER-BELANGER.

C'était la dernière année pour les lycéens qui faisaient partie de la promotion de Pierre. Ils étaient arrivés en classe de terminale, sans doute la plus délicate de tout leur cursus scolaire jusqu'à présent, parce qu'elle les sépare du monde libre qu'ils recherchent. Passé ce cap, ils allaient pouvoir être plus épanouis, plus respectés, plus responsables. Cette classe constituait l'étape ultime à passer pour accéder à la cour des grands.

Le jour de la rentrée était arrivé. Les élèves effectuaient leurs cérémonies traditionnelles de début des cours, comme ils ont eu à le faire les années antérieures. Mais cette fois-ci, quelque chose de nouveau allait se produire. Lorsqu'ils étaient tous rassemblés à l'esplanade, des véhicules débarquèrent et se mirent à stationner dans tous les sens. On voyait des hommes en uniformes descendre des tout-terrains, pour se diriger vers une Mercedes classe S noire flambant neuve. Tout le monde s'interrogeait sur l'identité de la ou des personnes qui pouvaient bien se trouver à l'intérieur du véhicule. Certains élèves pariaient qu'il s'agissait du Président de la République tandis que d'autres plus réalistes, optaient pour le ministre de l'Éducation nationale. Ils avaient tous faux. À leur grande surprise, c'était monsieur COULIBALY MOUSTAPHA, père de Pierre et puissant ministre de l'Économie et des finances du pays, avec son fils à ses côtés. Son attention particulière portée sur Pierre ce jour-là sentait la mauvaise foi. Celui qui n'avait pas pris des nouvelles de son fils quelques semaines plus tôt lorsqu'il était aux urgences, désirait tout d'un coup l'accompagner lui-même à l'école pour son premier jour de classe. En plus, il ne l'avait jamais fait auparavant. En vérité, il n'était pas là pour Pierre mais pour se montrer en spectacle. Il était venu déclarer devant tous les élèves ainsi que les membres de l'administration de l'école qu'il tenait à poser un acte de bienfaisance. Il avait décidé de faire un don qui s'élevait à la coquette somme de 33 millions de francs CFA à l'établissement scolaire de son fils. Il est bien vrai que l'acte était à saluer, mais le bon sens aurait voulu qu'il le fît en toute discrétion. Ce n'était pas à lui de faire cette déclaration, il devait laisser le soin aux membres de l'administration de le faire. Mais le père de Pierre avait oublié ses bonnes manières. Pourquoi se donner la peine de faire semblant ? De toute façon il était bourré de fric et prenait des décisions qui pouvaient changer le cours de la vie des populations, il n'avait cure de l'humilité.

Après avoir fini toute cette rodomontade, il plia bagage et s'éclipsa avec la petite armée qui lui servait de service de sécurité, livrant le jeune Pierre à l'admiration meurtrière des élèves de ce lycée. Meurtrière parce que l'acte que venait de poser son père allait augmenter la pression qu'il avait déjà. Il était déjà connu pour ses prouesses académiques et en plus de ça, d'autres personnes avaient muri l'idée de forcer son amitié seulement parce qu'ils avaient appris que son père venait d'être nommé ministre. Imaginez donc maintenant que ledit ministre était lui-même venu remuer le couteau dans la plaie, toute l'école allait vouloir forcer l'admiration de ce lycéen qui ne savait même plus où il en était.

Le parent doit savoir deux choses. D'une part qu'il est le modèle de ses enfants, et d'autre part, que les actes qu'il pose entraînent des conséquences directes sur sa progéniture. Ces deux points essentiels doivent donc l'interpeller afin qu'il fasse preuve de sagesse dans tous les actes qu'il pose au quotidien. Nombreuses sont les personnes qui sont devenues des plaies pour cette société du fait des actes qu'ont eu à poser leurs parents. En effet, l'éducation ce n'est pas seulement ce qu'on dit, mais aussi ce qu'on fait. Un homme qui décide de faire des études de médecine car ayant eu un brillant médecin comme géniteur et un autre qui bat sa conjointe parce que son père faisait pareil, sont tous deux habités par la même volonté de réitérer les exploits de leur père. Il est bien vrai que chaque être humain doit se faire sa propre analyse des situations et prendre la décision qui lui paraît la plus logique mais néanmoins, les parents doivent prendre conscience que leurs actes peuvent constituer des boussoles pour ceux qui les estiment grandement, à savoir leurs enfants.

Les premières semaines de la rentrée ont été invivables pour Pierre qui faisait l'objet de plusieurs tentatives de flatterie, des élèves comme des professeurs. C'était à la limite du harcèlement. Plus personne ne ventait ses mérites académiques, ils se contentaient juste de son appartenance à la famille du ministre de l'Économie et des finances. Tout autour de lui sentait l'hypocrisie à plein nez. Il commençait à réaliser que tout est une question d'intérêt dans cette vie et que peu de personnes nous aiment pour ce que nous sommes réellement. Cependant, c'était difficile pour lui d'accepter cette réalité, il était dans le déni et voulait toujours croire le contraire de ce qui était. Comme il n'avait pas assez de cran pour s'éloigner une fois pour toute de ces personnes qui le côtoyaient par intérêt, il se laissait bercer par leur présence. Ses nouvelles connaissances l'utilisaient seulement pour tout ce qui était distraction. On lui faisait appel lorsqu'on ne savait pas où organiser une fête, la maison de ses parents était toujours disponible. Quand la boisson manquait quelque part on appelait Pierre, quand on voulait impressionner d'autres personnes, on appelait Pierre afin qu'il se pointe dans un cortège de 4x4 avec gardes du corps. Les filles de joie au moins reçoivent une contrepartie en échange de leurs services, mais Pierre, ne récoltait rien d'autre si ce n'est qu'il s'enfonçait progressivement dans un maelström duquel DIEU seul pouvait le sortir.

Les sollicitations devenaient de plus en plus nombreuses. Ses sbires étaient passés d'un simple « peux-tu nous acheter quelques bouteilles ? » à « Est-ce que tu peux réserver une maison à ASSINIE pour nous afin qu'on y passe le week-end ? ». Même s'il était le fils unique du ministre, ses finances avaient des limites. On ne pouvait pas donner tout l'or du monde à un gamin qui avait à peine 18 années passées sur terre. Toutefois, Pierre n'arrivait pas à dire non et son père y était pour quelque chose. Tout le monde avait été marqué par son intervention du jour de la rentrée des classes. Donner 33 millions sans que tu ne sois sollicité signifiait que l'argent coulait à flot. C'était certainement le cas pour le père, mais pas forcément pour le fils. Mais Pierre ne voulait pas entacher la réputation de son puissant père ; du coup, il se mit à lui soutirer de l'argent en toute discrétion lorsqu'il en avait l'occasion, afin de pouvoir toujours répondre par l'affirmative quelle que soit la nature de la sollicitation. Ce jeune homme vertueux au départ, s'était transformé en une personne sans repère qui trouvait du réconfort dans la satisfaction de l'autre. Cette situation était certes la conséquence de ses propres choix, néanmoins, l'ego de son père en était aussi pour quelque chose.

D'un autre côté, Marie-Hélène tenait à éclaircir certains points avec Esther. Elle voulait savoir ce que cette dernière faisait chez Pierre le jour où ils eurent à l'évacuer aux urgences. Elle voulait le demander personnellement à son petit ami mais ne désirait pas mettre le feu aux poudres étant donné que leur relation était au plus bas en ce temps-là. Les deux filles décidèrent donc d'avoir une discussion afin de remettre les pendules à l'heure. Lorsque Marie-Hélène demanda à Esther ce qu'elle faisait chez Pierre ce jour-là, elle répondit qu'ils s'étaient rencontrés dans un supermarché de la place et qu'il lui avait simplement proposé de passer l'après-midi en sa compagnie et qu'elle ne pouvait pas refuser même si elle le voulait.

Marie-Hélène fit semblant de la croire alors qu'elle savait que ce jour-là, Pierre était resté chez lui toute la journée et donc il était impossible qu'ils aient pu se rencontrer quelque part. Elle avait là une raison solide de douter de la sincérité de son amie et cette fois-ci, rien ni personne n'allait lui faire changer d'avis. Elle décida de commencer à mener ses propres enquêtes afin de tirer toute cette histoire au clair.

Esther faisait désormais tout pour être à chaque fête. Parce que Pierre ne lui parlait plus réellement, il fallait qu'elle trouve des occasions pour l'accoster. Il était difficile pour elle de l'approcher maintenant qu'elle savait que Marie-Hélène se doutait peut-être de quelque chose. Du coup, elle misait plus sur les fêtes car elle savait que ce n'était pas la tasse de thé de son amie et qu'il y avait une probabilité quasi nulle qu'elle puisse s'y retrouver. Son analyse était juste et payante. À chaque fête elle arrivait de plus en plus à malaxer l'esprit de Pierre, au point où il finit par poser un acte qui allait changer la donne. On était en début de Week-end, un samedi soir et comme d'habitude, un rassemblement mondain était organisé par quelques amis de Pierre. Il était bien évidemment de la partie, ainsi que l'infatigable Esther. Il ne consommait plus rien d'illicite depuis son passage en centre de désintoxication et restait lucide tout au long des différentes soirées. Il était juste présent parce qu'il se sentait obligé d'être là et quelques rares fois, pour se changer les idées. Il avait aperçu Esther et essayait tant bien que mal de l'éviter jusqu'à ce qu'elle prenne l'initiative de l'aborder. Elle a donc profité de cette occasion pour lui demander pourquoi est-ce qu'il était aussi distant avec elle et il lui répondit qu'il était tout simplement question de loyauté envers sa petite amie. Ils décidèrent de continuer la discussion à l'extérieur de la résidence où se déroulait la fête afin de ne pas éveiller la curiosité de tous ceux qui étaient présents. Ils pénétrèrent dans une discussion dont eux seuls connaissaient le contenu. À un moment donné, dans un argumentaire très profond, Pierre dit par inadvertance quelque chose qu'il aurait préféré garder secret. Il voulait tellement cacher la vérité qu'elle finit par sortir de sa tanière. Il dit à Esther : « si je t'évite c'est parce que je crois que je commence à t'aimer ». La pression d'Esther avait fait effet. Pierre était comparable à une antilope couchée, essoufflée, devant qui se dressait un lion affamé, il était à la merci d'Esther. Il essaya aussitôt de rectifier ses mots mais c'était déjà trop tard, le crime avait été commis, il fallait désormais chercher une solution de sortie de crise. Il finit donc par réaffirmer ses propos et essaya de faire comprendre à Esther que personne ne devait être au courant de ce qu'il venait de dire. Elle n'en disconvint pas mais à son tour, déclara à Pierre qu'elle aussi éprouvait des sentiments pour lui depuis le début et que son objectif ultime était qu'ils puissent être ensemble. Pierre le savait déjà mais entendre ces paroles de la bouche d'Esther lui donnait des papillons dans le ventre. Ce qu'il redoutait le plus se matérialisait. Comment gérer cette situation ? c'était la première fois que cela lui arrivait. Sûrement plus habituée à jouer les maîtresses, Esther dit à Pierre qu'ils pouvaient vivre leur amour caché, sans que personne ne le sache, comme il le faisait avec Marie-Hélène. Elle jura qu'elle n'y voyait aucun inconvénient et qu'elle ferait tout son possible pour qu'ils puissent s'aimer en toute discrétion. Pierre était bien évidemment novice dans ce type de cachoterie mais l'effet que la possibilité de pouvoir obtenir l'interdit sans se faire prendre lui procurait, lui fit accepter ce deal sans trop réfléchir. C'était donc officiel, Pierre était en couple avec sa petite amie ainsi que la meilleure amie de cette dernière. C'était un accomplissement pour lui, il se sentait fort grâce à cela. Il commençait à se sentir à l'aise avec le fait d'être malhonnête. «

De toute façon, si elle me cache la vérité, j'ai bien le droit d'en faire pareil », se répétait-il sans cesse pour se donner de l'assurance.

Pierre était naïf, il n'avait pas l'expérience des femmes, c'était un tonneau vide. Il croyait aux belles paroles d'Esther sans se douter que tôt ou tard, cette relation interdite allait forcément finir par remonter à la surface et les conséquences qui allaient en découler seraient dévastatrices. Il pensait qu'il avait le contrôle mais en vérité, n'en avait même pas sur sa propre vie. Un proverbe Kurde dit : « c'est en tombant que le cavalier apprend à monter », mais Pierre ne retenait absolument rien de ses erreurs, il avançait sans apprendre des évènements malheureux qu'il avait eu à vivre dans son passé.

Bien qu'il fût surnommé « le fils du Roi », la vie ne se résumait pas pour autant à sa seule personne. Les jours passaient mais Pierre prenait du retard à l'école vu qu'il était déconcentré. Ce n'était plus le génie qu'on avait connu autrefois. Les fêtes le week-end, les rendez-vous d'un côté avec Esther et de l'autre avec Marie-Hélène, ainsi que les nombreuses sollicitations dont il faisait l'objet, l'empêchaient de se concentrer sur ses études. Ses professeurs avaient remarqué la baisse de son rendement et ils commençaient à être inquiets. Il enchaînait les absences en classe, manquait certaines évaluations importantes sans se douter que ces actes allaient causer sa chute, une chute inédite que même les plus grands marabouts et autres diseurs de bonnes aventures n'auraient pu prédire. Le pire dans tout ça, c'est qu'il était trop proche du but, il risquait trop gros avec ce comportement. Bon nombre de personnes savent que la classe de terminale est impitoyable, elle te fait payer chaque manquement à son égard et les manquements, Pierre en avait beaucoup.

Plusieurs personnes ont essayé de lui parler afin qu'il redouble d'effort dans son travail. Des professeurs jusqu'à sa mère en passant même par les dirigeants de l'établissement, méthode pacifique comme pacification brutale, ils ont tout essayé. Ils se sont rendu compte que plus ils essayaient de lui montrer le chemin à suivre, plus il allait à toute vitesse dans l'autre sens, il était totalement borné. La seule personne qui pouvait faire la différence, c'était bien évidemment son père qui malheureusement, était trop occupé avec ses dossiers étatiques.

On était au mois de décembre et le premier trimestre de cette année scolaire 2017-2018 tirait à sa fin. L'établissement scolaire a donc décidé d'organiser une journée carrière pour les élèves de terminale comme c'était le cas depuis des lustres, afin que ces élèves puissent dès à présent explorer les choix qui s'offraient à eux après avoir décroché le diplôme du baccalauréat. Plusieurs écoles supérieures étaient présentes ainsi que certaines agences spécialisées dans l'accompagnement des élèves dans leur volonté d'étudier à l'extérieur du pays. Pierre, Marie-Hélène ainsi qu'Esther, avaient depuis belle lurette décidé communément de poursuivre leurs études universitaires au Canada. C'était leur destination de rêve, ils voulaient découvrir des villes comme Toronto et Montréal, qui étaient remplies de joyaux architecturaux comme la CN Tower par exemple. Ils avaient pris cette décision bien avant que leur relation ne devienne aussi alambiquée, et la nouvelle configuration des choses les motivaient plus que jamais, en particulier Pierre, qui ne voulait pas être séparé de ces deux filles étant donné qu'il était en couple avec une de façon officielle, et avec l'autre officieusement. Ils faisaient donc le tour des différentes agences présentes à la journée carrière et furent impressionnés par une agence en particulier. Elle était présente en Côte d'Ivoire avec des partenariats au Canada, qui permettaient d'avoir une expérience universitaire exceptionnelle. Elle fournissait de nombreux services allant du choix de l'école et de la filière, jusqu'à l'accueil sur le territoire canadien avec des services quotidiens en cas de besoins. Le plus étonnant, c'est que cette agence avait les tarifs les moins élevés du marché mais comprenait beaucoup plus de services que la moyenne ; une occasion en or pour ces trois amis (si on peut les appeler ainsi) de pouvoir se consacrer pleinement à leur préparation du baccalauréat, sans avoir à s'inquiéter pour la suite. Ils ont donc pris toutes les informations nécessaires et les ont relayées à leurs parents respectifs. Après s'être entretenus avec les experts de cette agence d'accompagnement, les parents étaient tous d'accord. Plus aucun doute, ils s'approchaient lentement mais sûrement de leur destination de rêve. Seulement, ils devaient s'assurer d'une seule et unique chose, décrocher le baccalauréat.

Les notes du premier trimestre arrivèrent et les choses prirent une tournure inquiétante. Pendant que Marie-Hélène et Esther rassuraient leurs parents grâce à leurs bonnes moyennes, Pierre, jadis brillant, voyait sa note trimestrielle qui normalement oscillait entre 18 et 19, chuter dramatiquement à 10. Juste la moyenne ! C'était médiocre pour quelqu'un qu'on qualifiait de génie. Le plus choquant c'est qu'il se disait dans les couloirs de l'établissement qu'il avait réussi à avoir cette note grâce à plusieurs bonus que certains professeurs avaient généreusement décidé de lui octroyer. C'était le monde à l'envers. Les loisirs de Pierre lui avaient bouffé la matière grise. Pour Marie-Hélène et Esther, la situation était incompréhensible, elles savaient pertinemment que le rendement de Pierre n'était plus le même qu'autrefois, mais de là à n'obtenir que 10 de moyenne ? C'était aberrant ! Et même là encore, le père de Pierre n'était pas intervenu. Il avait pourtant été mis au courant de la situation dans laquelle se trouvait son fils, mais n'avait pas trouvé judicieux de chercher à comprendre pourquoi son rendement avait autant baissé. Tout ce qu'il a trouvé à lui dire, c'est qu'il redouble d'effort et se mette au travail. Moustapha, ou encore, Monsieur le Ministre, avait démissionné de son poste le plus important, celui de père. Hélas, la seule figure parentale qu'il restait à Pierre était sa mère. Le comble, c'est que son père était bel et bien en vie.

Il fallait de nouveau un exutoire à Pierre, il avait besoin de quelque chose pour lui faire oublier tout ce qu'il vivait. Il a été tenté de consommer à nouveau des substances illicites, mais a finalement opté pour les bras de ses deux petites amies. Seulement cette fois-ci, les choses ne se passèrent pas comme prévu.

Pendant ces congés de noël, il faisait la navette entre la maison de Marie-Hélène et celle d'Esther. Et un jour, alors qu'il s'amourachait avec Esther, elle eut envie de plus que ces quelques bisous et câlins qu'ils s'échangeaient depuis le début de leur relation. Elle voulait quelque chose de plus intéressant que ces gamineries. Pierre arrivait à s'en contenter car c'était ce qu'il avait fait depuis tout ce temps avec Marie-Hélène. Ils s'étaient promis abstinence jusqu'au mariage et même s'il la trompait désormais avec Esther, il n'avait pas changé d'avis sur ce sujet. Mais ce jour-là, Esther qui avait l'habitude des relations sexuelles, réussit à lui faire changer d'avis. Grâce à certaines techniques d'approches dont elle seule avait le secret, elle avait pu obtenir de Pierre ce qu'elle voulait, c'est-à-dire l'acte de chair. Pierre s'était mis dans une situation qu'il ne put maîtriser et ce qu'il ne voulait pas finit par se réaliser. Après cet épisode, ils en discutèrent longuement au téléphone ainsi que par messages, encore une autre erreur monumentale de notre garçonnet. Imaginez la suite ! Le fils du roi s'est fait épingler par Marie-Hélène. Il n'avait pas les épaules assez larges pour faire durer cette supercherie, il a manqué de prudence et en a payé les frais automatiquement. Les faits se sont déroulés six jours après l'épisode érotique de Pierre et Esther, et bien évidemment ils étaient toujours dans l'esprit de l'acte. Leurs échanges tournaient sans cesse autour de ce sujet et comme le novice qu'il était, Pierre ne supprimait pas les conversations qu'il avait avec elle, il se contentait juste de les archiver : une erreur fatale. Il voyait Marie-Hélène assise en face de lui manipuler son téléphone comme elle en avait l'habitude, mais il ne se disait pas qu'elle pourrait avoir l'idée de regarder dans sa liste de discussions archivées et de surcroît, ses discussions avec Esther. C'était mal la connaître. La découverte de ces discussions laissa Marie-Hélène sans voix. Elle était préparée à tout sauf ça. Elle savait qu'ils s'étaient rapprochés mais pas au point de coucher ensemble et de vivre une relation amoureuse officieuse. Elle n'a pas pu se retenir, ses larmes coulaient silencieusement au fur et à mesure qu'elle découvrait les différents messages qu'ils s'étaient échangés. Pierre comprit tout de suite qu'il venait de se faire prendre. Le garçon qu'elle avait idéalisé, celui qu'elle considérait déjà comme le père de ses futurs enfants, celui qu'elle avait présenté à tous les membres de sa famille comme le seul et unique homme avec qui elle souhaitait partager le restant de ses jours, son prince, venait de la trahir. Cette trahison était sans précèdent, elle n'avait jamais vécu quelque chose de semblable. Mais vous n'êtes pas au bout de vos surprises. Pierre, en lieu et place de s'excuser et d'essayer de se faire pardonner, se victimisa. Tout d'abord, il essaya de faire comprendre à Marie-Hélène que c'était l'idée d'Esther et qu'il avait été forcé de faire tout ce qu'il a fait. Il disait qu'il était moralement au point mort et qu'Esther en a profité pour lui faire toutes ces choses. Il conclut sa justification en disant qu'il n'était pas consentant lors de l'acte sexuel et que pour lui, il s'agissait purement d'un viol. C'en était trop pour Marie-Hélène. Elle lui fit lire tous les messages qu'il avait envoyés à Esther et qui montraient sans aucun doute qu'il était conscient de tout ce qu'il faisait et que cet acte s'est passé avec son consentement. Se voyant pris au piège, il ne lui restait plus qu'une seule issue, mettre la faute sur la pauvre Marie-Hélène. Tel un lâche, Pierre, qui au début jouait la victime, se mit sur la défensive et fit comprendre à sa petite amie que tous les actes qu'il avait posés étaient sa faute. Il poursuivit en disant qu'elle a été la première à le trahir en révélant leur relation à Esther sans lui en parler après tout ce temps. Pour lui, ses trahisons n'étaient que la réponse à celle de Marie-Hélène. Désemparée, c'est avec le cœur meurtri qu'elle quitta la résidence des parents de Pierre. La vérité, comme toujours, avait fini par remonter à la surface.

Ce qui est déplorable de nos jours, c'est que nous excellons dans le mensonge. Nous mentons aux autres ; mais le plus malsain, c'est que nous nous mentons à nous-même. Nous préférons camoufler la vérité avec des tonnes de mensonges sous des prétextes fallacieux. Au bout du compte, nous ne récoltons que les conséquences des actes que nous posons.

Après avoir longuement réfléchi, Marie-Hélène, fidèle à ses principes, décida de mettre fin à sa relation avec Pierre. Qui l'eut cru ? Ces deux adolescents qui avaient tout pour cheminer paisiblement ensemble et vivre heureux se retrouvaient désormais séparés, à cause d'un manque de sincérité réciproque.

Chacun a vécu différemment cette séparation. Marie-Hélène traversa un terrible chagrin d'amour communément appelé « goumin » par les ivoiriens, tandis que Pierre avait déjà trouvé refuge dans les bras d'Esther. Cette dernière n'adressait plus la parole à Marie-Hélène parce qu'elle n'en éprouvait plus le besoin. Elle avait déjà réussi à avoir Pierre et n'avait plus aucun intérêt à faire l'hypocrite avec Marie-Hélène. Elle finit par révéler à tout le monde que Pierre et Marie-Hélène sortaient ensemble sans que personne ne le sache à part leur entourage proche, mais que cette relation n'était plus d'actualité car Marie-Hélène n'était pas arrivée à s'occuper de son petit ami convenablement.

Plus les jours passaient, plus la situation se compliquait. On était déjà au mois de février, en plein dans le deuxième trimestre, et le rendement scolaire de Pierre allait de mal en pis. Il était totalement déboussolé, on aurait dit qu'on l'avait pris de force en classe de 4ème pour l'envoyer en terminale, tellement il était devenu nul. Le premier d'autrefois se battait pour ne pas être le dernier du classement, le retournement de situation était digne d'une élection présidentielle en Afrique : vainqueur le matin, perdant le soir. Et cette fois-ci, il n'avait plus personne pour lui prodiguer des conseils. Il est bien vrai qu'il n'écoutait pas forcément Marie-Hélène, mais sa dévotion à son ex-petit ami était telle qu'elle n'arrêtait à aucun moment de le conseiller, même si elle savait qu'il était devenu dur d'oreilles. Sa présence aurait certainement changé les choses, contrairement à celle d'Esther qui ne fait que les empirer. Pierre avait laissé le lingot d'or pour un caillou.

Il avait désormais à ses côtés une fille qui n'était intéressée que par l'alcool, les stupéfiants et le sexe. Elle était obnubilée par les choses de ce monde. Un esprit perdu dans un corps d'enfant, c'est ce qu'elle était, ni plus ni moins. Marie-Hélène avait décidé de se ressaisir et de se concentrer sur le baccalauréat. Elle avait perdu son petit ami qu'elle aimait tant, elle n'allait pas non plus échouer à l'examen ; il fallait au moins sauver l'honneur et sortir gagnante de cette bataille. Pour se faire, elle coupa tout contact avec les personnes qui lui étaient potentiellement nuisibles. Pierre et Esther raflaient sans grandes difficultés les deux premières places de ce classement.

À un moment donné, voyant les résultats de Pierre baisser, elle fut tentée de se rapprocher de lui pour essayer de lui faire comprendre le risque qu'il courait en négligeant ses études. Elle était certes blessée par tout ce qui s'était passé néanmoins son cœur d'ange prenait le dessus sur toute l'obscurité qui la consumait. Malgré cette forte envie, elle se retint, décidant de respecter les règles qu'elle s'était fixées ; sa santé mentale en dépendait.

Les résultats du deuxième trimestre étaient enfin disponibles : c'était le cataclysme. Pierre était arrivé avant dernier de sa classe avec une moyenne générale de 8,88. Cette situation frisait le ridicule. Celui qu'on appréciait pour ses brillants résultats devenait peu à peu la risée de la promotion de terminale. Sa mère était tellement déçue de lui qu'elle ne savait plus quoi lui dire ; il n'avait plus personne pour l'aider à remonter la pente. Le bateau dont Pierre était le commandant commençait à chavirer au vu et au su de tout le monde. Il passait son temps à vivre pour les autres oubliant qu'on est toujours seul face à nous même lorsque la sentence tombe. Sa petite amie n'avait rien d'autre à lui proposer que de passer du temps ensemble ou de sortir pour se détendre afin d'oublier la situation qu'il vivait. À partir de ce moment-là, Pierre commença à comprendre qu'il avait fait certes plusieurs mauvais choix, mais le choix le plus terrible dans tout ça, c'était d'avoir déçu tous ceux qui se faisaient réellement du souci pour lui, qui s'occupaient de savoir comment il allait réellement. Il s'était éloigné de ses anges gardiens pour se livrer au diable et c'était trop tard pour faire machine arrière. Un malheur ne venant jamais seul, la mère de Pierre venait de découvrir qu'elle était atteinte d'un cancer du col de l'utérus, elle était à un stade malheureusement avancé mais les médecins avaient espoir. Considérant les moyens qu'avaient son époux, tout portait à croire qu'elle allait s'en sortir. Pierre fut durement choqué par cette nouvelle, il avait pris conscience de la place qu'occupait réellement sa mère dans son cœur. La voir affaiblie, faisant des allers-retours entre l'hôpital et la maison, lui faisait extrêmement mal. Il voyait sa mère qui était pleine de vitalité, sombrer inéluctablement dans un état critique, du fait de la chimiothérapie qui la bouffait littéralement. C'était quasi invivable pour lui. Il avait tenté de se remettre au travail, reprendre la place qu'il avait dans le classement, mais en vain. Il était difficile pour lui de se remettre au niveau auquel il était auparavant ; et quand il avait le moral en berne après avoir fourni vainement tant d'efforts, il n'avait plus personne pour le motiver. En pleine remise en cause de sa vie, Pierre se mit à douter de l'amour qu'il portait à Esther. Il se rendit compte au fil du temps que la relation qu'il vivait n'était pas celle à quoi il s'attendait. Il comprit qu'avoir une partenaire à ses côtés ne se résume pas forcément à quelques sorties détentes et nuits torrides. Une partenaire tire sa particularité du fait qu'elle soit présente les jours heureux comme difficiles, prodiguant conseils et recommandations dans les bons comme dans les mauvais moments. L'être humain n'appréciant le bonheur que lorsqu'il l'a perdu, Pierre se rendit compte qu'en réalité, il était amoureux de Marie-Hélène et qu'elle était la personne qu'il lui fallait, celle dont il avait nécessairement besoin. Avec Esther, ce n'était qu'une question d'attirance, une envie de braver l'interdit, mais en réalité, il ne l'aimait pas. Pierre passait l'un des moments les plus difficiles de sa vie.

La période du baccalauréat approchait à grand pas, Pierre avait réussi le baccalauréat blanc haut les mains et sa moyenne trimestrielle remontait brillamment, il avait redoublé d'effort et voulait coûte que coûte avoir le baccalauréat avec une bonne mention pour rendre fière sa mère qu'il aimait tant. Il avait pu obtenir 15,77 de moyenne au dernier trimestre, réalisant ainsi sa « remontada ». Il se concentra désormais sur l'examen final pour pouvoir faire taire les critiques. Il voulut prouver au monde qu'il n'avait pas perdu ses compétences académiques et qu'il pouvait réaliser l'inimaginable. Il enchaînait révisions sur révisions. Il ne laissait passer aucune matière : mathématiques, français, histoire-géographie, même les épreuves sportives ; il voulait maximiser ses chances. Les démarches pour les études au Canada avançaient entre temps, tout était réuni pour que ces jeunes élèves découvrent le monde canadien, il fallait juste qu'ils obtiennent la mention « admis » sur leur relevé de notes du baccalauréat.

Les épreuves orales s'étaient passées sans réels accrocs pour Pierre ; il était serein en ce qui concerne cette partie de l'examen. Il s'était bien préparé et ne doutait pas une seconde des résultats qu'il pouvait obtenir. Mais les épreuves écrites, représentaient un autre pan plus effrayant. Elles se tenaient sur deux journées, les deux journées les plus longues de ces candidats depuis le début de leur parcours académique. Il fallait se préparer à toutes les éventualités. On racontait qu'il était possible que certains surveillants véreux, avides d'argent, exigent des élèves quelques billets de banque contre la liberté de communiquer pendant les épreuves sans risquer d'être inquiétés ; tandis que ceux qui avaient le malheur de s'opposer à ces exigences récoltaient des punitions. Je vous épargne certains détails. Pierre, ne voulant donc pas avoir de mauvaises surprises, pris assez d'argent sur lui pour faire face à toutes requêtes d'un surveillant.

On était au premier jour de composition et Pierre prenait le chemin de son centre la tête haute, il était prêt à en découdre. Au soir de cette journée, il avait quelques appréhensions. Il avait fait de son mieux mais avait trouvé les épreuves du jour assez difficiles ; il commençait à paniquer, s'inquiétant pour son sort. Mais après de longues heures de réflexions, il se ressaisit et décida de plutôt se concentrer sur les épreuves du lendemain matin, il fallait mettre le paquet.

Cette fois-ci, le sentiment n'était pas le même. Après cette dernière journée de composition, Pierre n'avait plus aucun doute. Il était persuadé qu'il avait déjà décroché le baccalauréat mais hésitait entre la mention assez-bien et la mention bien. Il avait vendu la peau de l'ours avant de l'avoir tué.

Les candidats devaient attendre deux semaines pour avoir leurs résultats. Pierre en profita donc pour passer le maximum de temps auprès de sa mère. Il était à son chevet lorsqu'elle sortait de ses séances de chimiothérapie ; il voulait être là pour elle comme elle l'a été pour lui dans le passé. Et pendant ce temps, Esther qui s'ennuyait, décida de rompre avec lui. En réalité, comme un singe, elle s'apprêtait à changer de branche, car elle en avait trouvé une nouvelle beaucoup plus alléchante. Elle était tombée sur quelqu'un qui était beaucoup plus chaud que Pierre, mais il lui fallait trouver une excuse pour justifier son départ. Scénariste hors pair, elle retourna les propos de Pierre contre lui. La ruse, c'était son « dada ». Pour justifier la rupture, elle prit pour prétexte l'incompatibilité de leurs confessions religieuses : elle, fervente catholique, et Pierre fervent musulman. En somme la réplique de l'histoire des parents de Pierre ! Elle fit donc comprendre à ce dernier qu'ils étaient à une période décisive de leur vie et que c'était le moment pour elle de bâtir son avenir. Cependant, elle lui révéla qu'elle ne pouvait pas imaginer une seule seconde construire son avenir avec lui, même si elle en avait envie, pour la simple et bonne raison que ses parents n'allaient jamais accepter son union à un non-catholique. Et comme s'enfuir avec lui n'était pas dans ses projets, elle préférait mettre un terme à leur aventure. Pierre s'était ouvert à elle sans savoir qu'il lui offrait l'arme qu'elle allait utiliser contre lui ! Il a bien retenu la leçon cette fois-ci. Il prit donc acte de sa décision, sans dire grand-chose. Il répondit juste qu'elle était libre de faire ce qui lui semblait bon pour elle. Il ne ressentait rien d'autre que du dégoût. Main du Karma ? Pierre était dans la même situation que Marie-Hélène il y a quelques temps. Il se sentait abusé, trahi ; il s'en voulait d'avoir été aussi naïf et de n'avoir pas vite cerné la vraie personnalité d'Esther. Il était désormais seul. Petite amie, connaissances, il n'avait plus personne. Sa seule joie de vivre était le visage souriant de sa mère, dont l'état ne cessait de se dégrader, rongée par son cancer, irrésistible, malgré les traitements.

Étant désormais seul, il entreprit de recoller les morceaux avec Marie-Hélène, du moins s'il en restait toujours. Il savait que ça allait être difficile vu tout ce qu'il lui avait fait, mais c'était plus qu'une nécessité pour lui. Il se sentait mal de lui avoir fait autant de peine maintenant qu'il savait un peu ce que veut dire se sentir trahi par la personne qu'on aime, même s'il n'aimait pas Esther plus que Marie-Hélène l'aimait lui. Cette dernière était d'abord assez hésitante. Même si elle ressentait l'envie de répondre aux nombreux messages qu'il lui envoyait, elle se retint dans un premier temps. Cette abstention était compréhensible ; il ne lui avait plus adressé la parole depuis qu'ils s'étaient séparés et la narguait même souvent lorsqu'il était avec Esther ; le comportement typique d'un gamin. Elle s'interrogeait donc de ce soudain retournement de situation. Elle se demandait ce qu'il pouvait bien lui vouloir, il avait fait assez de dégâts pour venir en rajouter. Elle ne voulait pas souffrir encore plus, déjà qu'elle n'avait toujours pas digéré la rupture. Mais avec l'insistance de Pierre, elle finit par céder. Elle n'était pas de nature à juger sans savoir le contenu. C'est pourquoi, elle décida de lui laisser une chance de lui dire ce dont il avait tant envie au point de lui écrire des messages à longueur de journée sans jamais s'épuiser. Il lui annonça d'amblée qu'il avait rompu avec Esther et qu'elle ne faisait plus partie de sa vie. Ce qui a directement fait penser à Marie-Hélène qu'il essayait de se remettre avec elle après sa relation ratée. Mais ce n'était pas là le but de Pierre. Même s'il avait été lâche et tricheur, les évènements récents qu'il a vécus avaient réussi à le changer. Il savait qu'il allait être difficile pour lui et pour Marie-Hélène de se remettre ensemble même s'ils le voulaient, pour tout le mal qu'il lui avait fait. Il lui fit comprendre que sa volonté de renouer les liens n'était pas basée sur l'idée d'une reconquête de son cœur, mais qu'il était là pour lui présenter ses sincères excuses. Il renchérit en lui avouant que sa relation avec Esther lui a fait comprendre qu'elle, Marie-Hélène, était une pierre précieuse et qu'elle avait un cœur qui aimait réellement, ce qui n'était pas le cas de toutes les filles. Il ne voulait pas que tout le mal qu'il lui avait fait endurer la transforme et qu'elle perde son cœur si bon, si doux, si blanc. Elle était choquée et en même temps heureuse de le lire. Elle ne le croyait pas totalement, mais le fait qu'il prenne sur lui et décide de la contacter pour s'excuser et reconnaitre ses torts, même si c'était un peu tardif, la réconfortait un tantinet. Elle décida donc d'accepter ses excuses, et sans oublier tout ce qu'il lui avait fait subir, recommença peu à peu à discuter avec lui de façon fréquente sans pour autant envisager une quelconque nouvelle aventure. Il s'était sans aucun doute excusé mais n'en demeurait pas moins menteur et mesquin à ses yeux. Ils étaient tous deux dans l'attente des résultats du baccalauréat et discuter leur faisait du bien. Leurs conversations leur permettaient de faire passer le stress qui commençait à monter d'un cran. Marie-Hélène apprit par Pierre que sa mère était atteinte du cancer du col de l'utérus et que son état de santé se dégradait. Mais malgré tout le mal qu'il lui avait fait, elle prit la peine d'aller voir sa mère à l'hôpital quand elle en avait la possibilité ; geste qui la toucha profondément.

On pouvait l'affirmer sans se tromper, Marie-Hélène avait un cœur d'ange. Il nous arrive souvent de vivre des situations comparables à celle que Pierre vivait en ce moment-là. La providence divine place sur le chemin de notre destinée des personnes qui sont des lumières pour notre vie comme c'est le cas ici de Marie-Hélène. Des personnes qui, quel que soit le mal que l'on puisse leur faire, quelle que soit la douleur que l'on puisse leur faire subir, demeurent toujours à nos côtés dans les moments de grand besoin. Chacun de nous a connu au moins une fois dans sa vie, une personne qui l'a aidé à surmonter des épreuves fort difficiles comme des décès de personnes qui nous sont chères, le rejet par notre propre famille pour un choix qu'on a eu à opérer, un échec académique ou professionnel, une relation amoureuse prometteuse qui a fini aux oubliettes, etc. Les exemples de situations pareilles sont légion. Le problème commence lorsque la période de troubles passe, lorsque les nuages sombres laissent place au ciel ensoleillé. À cet instant-là, nous avons tendance à oublier toutes les démarches que ces tiers ont dû entreprendre pour être toujours auprès de nous alors que tous les autres nous avaient abandonnés, et nous nous jetons sans réfléchir dans les bras de ceux qui nous regardaient souffrir de loin. Le pire dans tout ça, c'est que nous nous éloignons peu à peu de ceux et celles qui avaient donné leur poitrine pour nous, qui nous avaient aidé à combattre la tristesse et tous ses alliés. Et quand refont surface les difficultés, nous nous retournons lâchement vers ces êtres dont nous nous sommes éloignés, et ceux-ci, comme la toute première fois, nous aident à nous relever. Mais ce que nous oublions, c'est que même le cœur le plus pur a ses limites. À force d'utiliser ceux pour qui nous comptons réellement, nous finissons par les éloigner définitivement de nous et en fin de compte, nous sommes les seuls grands perdants, pour n'avoir pas su être à la hauteur de leurs sacrifices. Il ne s'agit pas d'offrir notre gratitude à tous ceux que nous croisons le matin sur la route, mais à ceux qui nous estiment grandement et qui sont toujours prêts à mener les combats à nos côtés. Nous devons pouvoir accepter certaines réalités, laisser derrière nous ceux qui nous tirent vers le bas quelle que soit la durée de la relation qui nous lie, et traiter autrui comme autrui nous traite.

On était arrivé au fatidique jour de la proclamation des résultats du baccalauréat. Les esprits étaient fortement tendus et tout le monde retenait son souffle. Toutes les familles ayant de potentiels bacheliers étaient sur le qui-vive, guettant le téléphone dans l'espoir de recevoir l'appel de la libération, l'appel de la victoire. Pierre partait confiant. Même s'il était très stressé, il avait donné le meilleur de lui-même et se disait que le diplôme était gagné d'avance. Son père avait ce jour-là mis près d'une dizaine de véhicules à sa disposition, il voulait que Pierre fasse du bruit dans la ville après son succès. Pierre arriva donc dans le centre où il avait composé afin de connaitre les résultats obtenus. Celui qui était chargé de proclamer les résultats prit le micro et commença à faire ce qu'il avait à faire. La proclamation se faisait par ordre de mention. On commença donc avec la mention très bien et Pierre entendit le nom de Marie-Hélène. Il fut très surpris car elle n'était pas nulle mais il ne la savait pas capable d'un tel exploit ; il fut vraiment content pour elle. On passait désormais à la mention bien et autre surprise, il entendit le nom d'Esther. Cette fois-ci, il n'en revenait pas mais n'y porta pas grande attention. Il attendait son tour, il voulait entendre son nom. Après une longue liste d'élèves ayant obtenu la mention bien, on passa directement à la mention passable. À ce moment-là, Pierre commença à s'inquiéter, il espérait à la rigueur avoir la mention assez-bien, vu le travail qu'il avait fourni ; mais pas le temps de regretter, il fallait au moins rentrer avec le statut d'admis même si c'était avec la mention passable. À la surprise générale, le nom de Pierre ne fut pas cité ! Il se dit qu'il y avait sûrement une erreur et voulut toujours croire. Il resta donc dans le centre afin de retirer sa collante ; le constat était catastrophique. Il avait échoué ; il n'avait même pas réussi à être repêché. Il n'avait pas les mots. Le sentiment qui l'animait était indescriptible. Son téléphone sonnait. Tout le monde voulait connaitre le résultat de Pierre. Les gardes du corps de son père le cherchaient dans tout le centre. C'est en pleurs qu'ils le retrouvèrent avec Marie-Hélène à ses côtés qui tentait tant bien que mal de le réconforter. C'était le monde à l'envers. Les gardes du corps comprirent directement ce qui s'était passé. Ils avertirent aussitôt son père qui fut, lui aussi, extrêmement choqué. Sa mère apprit la nouvelle et en fut dévastée de tristesse ; pas parce que son fils avait échoué, mais parce qu'elle savait le mal que cet échec allait lui faire. Pierre rentra à la maison et s'enferma dans sa chambre.

Alors qu'il avait tout pour réussir, Pierre se trouva dorénavant dans une situation qu'il n'aurait jamais imaginée. L'avenir paraissait de plus en plus incertain.

4

LA RÉDEMPTION

*« IL FAUT ACCEPTER LES DÉCEPTIONS PASSAGÈRES,
MAIS CONSERVER L'ESPOIR POUR L'ÉTERNITÉ. »
MARTIN LUTHER KING.*

Les séquelles de l'échec au baccalauréat se faisaient toujours sentir au domicile familial. Plus personne ne disait rien. Il y régnait une ambiance de mort. Pierre ne mangeait que deux à trois fois par semaine, et là encore c'est parce qu'il y était forcé. Tout s'était écroulé autour de lui ; même l'appétit. Son père, les rares fois qu'il était à la maison, ne lui adressait plus la parole, on aurait dit que Pierre avait commis un crime. En tout cas, crime ou pas crime, pour le père de Pierre, son fils avait commis l'irréparable. Il ne pouvait accepter de voir sa réputation entachée à cause de son fils qui n'a pas été capable de décrocher un simple baccalauréat. Après tout le tapage qu'il avait fait dans les couloirs du palais présidentiel, à son lieu de travail et partout où il passait, il se demandait bien comment il allait pouvoir gérer ce déshonneur que son fils venait de lui infliger. Pierre ne le savait que trop ; ce qui le rendait encore plus triste. Comme c'est souvent le cas, la totalité des personnes qui traînaient avec Pierre pour son argent et sa popularité avaient disparu. Elles ne voulaient pas d'un recalé dans leurs rangs, quelle que soit la puissance financière de son père. La seule personne extérieure à la famille qui est restée à ses côtés et qui continuait de le soutenir, c'était la seule et unique Marie-Hélène. Elle l'aidait tant bien que mal, à surmonter cette douloureuse épreuve à laquelle personne ne s'attendait. Tous les rêves de Pierre en lien avec le Canada étaient tombés à l'eau. Il n'avait pas été capable de décrocher le ticket qui lui aurait permis de transformer son rêve en réalité. Et il avait conscience que la seule personne qui l'estimait toujours, c'est-à-dire Marie-Hélène, allait d'un moment à l'autre quitter le pays, et que les chances qu'ils se retrouvent un jour étaient minimes. Il décida donc de tenter le tout pour le tout. Vu qu'il n'avait plus rien à perdre, il demanda à Marie-Hélène d'être de nouveau sa petite amie. Il savait qu'elle était la seule à pouvoir le rendre heureux et il voulait qu'elle le sache. Malheureusement pour lui, bien qu'elle eût toujours des sentiments à son égard, elle lui fit comprendre qu'elle avait été beaucoup trop secouée par ce qu'il lui avait fait et qu'elle ne pouvait plus lui refaire confiance. En plus de cela, elle ne voulait pas d'une relation à distance qui allait être trop difficile à gérer. Pierre venait là d'encaisser une autre cuisante défaite. Décidément, « ce n'était pas son temps », comme on dirait ici.

La rentrée d'automne arrivait à grands pas. Marie-Hélène devait incessamment partir. Elle proposa donc à Pierre de l'accompagner à l'aéroport international Felix Houphouët-

Boigny afin qu'il fasse partie des derniers visages à voir avant de s'envoler pour le Canada. Invitation que Pierre ne put refuser. Ils passèrent un long moment à discuter avant qu'elle ne parte. Et quand arriva l'heure d'embarquer, ils se firent un câlin qui respirait l'amour. Après quoi, Marie-Hélène prit la direction de la salle d'embarquement et Pierre comprit à cet instant-là que c'était vraiment fini. Même s'il ne le voulait pas, il lui fallait être réaliste et accepter son sort. Ce qui n'était pas évident.

Comme si tout cela ne suffisait pas, quelques jours après le départ de Marie-Hélène, la détérioration de son état de santé plongea la mère de Pierre dans le coma. Elle était impuissante face à un cancer qui gagnait de plus en plus du terrain. Néanmoins, Pierre ne désespérait pas et se mit à prier sans cesse pour l'amélioration de la situation. Il avait échoué au niveau académique, il ne faisait plus la fierté de sa famille, en particulier de son père et pour couronner le tout, il venait de laisser filer entre ses doigts la fille qu'il aimait. Après tous ces désastres, il n'allait tout de même pas perdre la dernière personne chère qui lui permettait de toujours garder espoir. Mais hélas, DIEU ayant un plan pour chaque être humain ; il rappela sa mère à ses côtés. Elle rendit l'âme une nuit de septembre 2018 dans une clinique de la capitale ivoirienne. Et le plus triste, c'est que cette nuit-là, comme si les anges lui avaient parlé, Pierre décida de se recueillir au chevet de sa mère. Elle s'en est donc allée en présence de son fils, qui lui a tenu la main tout au long de la nuit. Pierre était inconsolable. On pouvait maintenant dire qu'il avait tout perdu. Le sort s'était abattu sur lui ; son cœur saignait ; il souffrait le martyr.

Assister aux obsèques de sa mère n'a pas été chose facile pour lui. Pendant qu'il était écrasé de chagrin, la préoccupation de son père était que les obsèques de sa femme soient les plus grandes que la ville n'ait jamais connues. Ces funérailles ressemblèrent plus à une fête géante qu'à autre chose. Il y avait aux premiers rangs, tous les dignitaires du pays ainsi que les frères de lumière ou membres de la loge maçonnique à laquelle le père de Pierre appartenait depuis sa prise de fonction à la tête du ministère de l'Économie et des finances. Loin du chagrin de son fils, sa préoccupation était principalement qu'ils apprécient le cérémonial. Le goût du pouvoir et l'envie matérielle guidaient désormais sa vie. Gagner le monde était sa nouvelle raison de vivre, même si pour cela, il devait perdre son âme.

Quelques mois après le décès de sa mère, comme s'il n'attendait que cette occasion, le père de Pierre lui annonça qu'il avait décidé de prendre une nouvelle femme parce que son statut de ministre ne lui permettait pas de rester célibataire. À peine Pierre eut-il le temps de faire son deuil qu'il était face à un nouveau défi. Il savait que vivre avec une belle-mère n'était pas de tout repos et que cette situation risquait de bouleverser sa vie qui tenait déjà à peine debout. Sa nouvelle belle-mère n'a pas perdu du temps pour s'installer dans leur maison, qui était désormais sa maison. Elle avait trois enfants, tous des garçons qu'elle avait eus de différents mariages. Elle n'était donc pas à son coup d'essai. Dès son arrivée, elle voulut affirmer son autorité ; tout le monde était contraint de lui faire allégeance, tant à elle qu'à ses fils. Elle était aussi attirée par le matériel, elle voulait que tout le monde sache qu'elle était la nouvelle femme du ministre de l'Économie et des finances du pays. Elle avait réussi à faire de l'ombre à Pierre et par ricochet, de la lumière à ses enfants. Obnubilé par sa nouvelle femme, le père de Pierre n'y vit que du feu ; il s'occupait des enfants de celle-ci à en oublier Pierre et malheureusement pour ce dernier, il n'avait plus personne pour prendre sa défense. Il n'avait plus de gardes du corps, chauffeurs, cuisiniers à sa disposition. Il devait désormais vivre comme s'il était un simple étranger dans cette maison et lorsqu'il essayait de crier son ras le bol, il était sauvagement battu par sa belle-mère. La vie devenait de plus en plus dure pour lui et il savait que quoiqu'il puisse faire, il ne pouvait pas sortir vainqueur d'un duel avec sa belle-mère. Il décida donc de subir en silence toutes ces injustices jusqu'à ce que le bon DIEU décante la situation pour lui. De son côté, sa belle-mère faisait tout pour le réduire en bouillie et comme son père était déjà facilement manipulable, ce n'était qu'un jeu d'enfant pour elle.

Pierre avait arrêté les études contre son gré, par la volonté de son père. Il avait perdu sa bourse et son père refusait de débourser un rond pour un enfant qui n'en valait pas la peine. La belle-mère a donc profité de cette résolution absurde de son père pour lui suggérer de retirer Pierre de son testament et d'y mettre plutôt le nom de ses enfants car d'après elle, Pierre risquait de dilapider tout son argent quand il ne sera plus de ce monde. Bien évidemment, il accepta et fit même plus : il décida de mettre le nom de la belle-mère sur son testament en plus de ceux des enfants. Après toutes ces mises en scène, pas encore satisfaite, la belle-mère décida de donner le coup de grâce à Pierre. Elle ordonna à son père de se débarrasser de lui. Il devait se débrouiller, c'était elle ou Pierre.

Malheureusement, le choix a vite été fait. Sans pousser la réflexion bien loin, il annonça à son fils qu'il ne voulait plus le voir dans sa maison, et qu'il était libre d'aller où bon lui semble. N'ayant personne sur qui compter, Pierre décida de prendre la route pour OUELLÉ, la localité qui l'a vu grandir. Il avait le dos au mur et n'avait pas d'autres choix.

De retour à OUELLÉ, Pierre fut accueilli par les personnes qui s'étaient occupées de lui avant qu'il ne découvre ABIDJAN. Il avait coupé le contact lorsqu'il commençait à se sentir pousser des ailes, mais cela ne les avait pas empêchés de l'accueillir comme si rien ne s'était passé. Ils lui avaient donné là une leçon de vie qui allait le marquer à jamais. Il commença par rendre visite aux anciens à qui il expliqua toutes les péripéties qui lui étaient arrivées. Ces derniers l'ont écouté avec attention et lui ont prodigué des conseils d'une profonde sagesse. Il était donc de retour parmi les siens.

Les débuts ont certes été difficiles parce qu'il lui fallait réapprendre à vivre en communauté, mais il finit par s'y habituer au fil du temps.

Quelques années après avoir pris ses marques dans la région, Pierre se lança dans un projet agricole qui rencontra un succès phénoménal. Sa structure livrait des cultures vivrières et industrielles ainsi que du bétail dans plusieurs villes du pays. Il en était même arrivé à un stade où certaines cultures qu'il produisait étaient exportées dans toute l'Afrique, en Europe et en Amérique. Il n'était peut-être pas allé au Canada, mais le fruit de son travail avait pu le faire. Il était devenu très populaire dans la région, mais cette fois-ci, le succès ne lui fit pas perdre la raison. Il garda la tête sur les épaules et resta fidèle aux principes et valeurs que les anciens lui avaient inculqués. Il était désormais un homme à part entière. Il fit entre-temps la rencontre d'une femme du nom d'Amlan qui l'aidait quotidiennement dans ses tâches parce qu'elle aussi était agricultrice. Ensemble, ils formaient la paire parfaite. Et DIEU accompagnant toujours ses enfants, ils eurent la grâce de donner naissance à un petit garçon du nom de Bécanty. Ils vécurent finalement heureux, au milieu des leurs et profitant chaque jour de l'opportunité inestimable que DIEU leur donnait de pouvoir être meilleurs que la veille.

L'histoire de Pierre fait comprendre une multitude de choses. Certaines personnes cherchent toujours à se faire accepter par les autres, quitte à perdre leur personnalité, sans se douter que cette volonté effrénée les perdra inévitablement. L'Homme doit comprendre que sa spécialité se trouve dans son authenticité et non dans la ressemblance à autrui, et apprendre à toujours garder la tête haute quelles que soient les épreuves. Pierre est passé par des hauts et des bas mais n'a pas pour autant baissé les bras. Bien que tout parût sombre autour de lui, il a réussi à se réinventer et à apprendre de ses erreurs ; ce qui lui a permis d'être une meilleure version de lui-même. En l'espace de quelques mois, Pierre a vu tout s'écrouler mais ne s'est jamais, au grand jamais, livré à l'abandon qui semblait être la seule issue.

La providence divine veille en toute situation. Providence, nature, astres, DIEU le grand architecte, peu importe le nom donné à cette grande force qui nous guide ; cette force-là, a déjà réuni tous les outils de la victoire. N'arrive à l'homme que ce que DIEU permet.

***